大人になっても好きだった祇園祭、お面をいつも買っていた

震災後、京都から西宮の小学校へこの電車で通っていた

希望の光が見えた築地からの帰り道、浅草の"神谷バー"にて

イマチニブで復帰、早速お気に入りのハットでよく行く甘味処へ

2回目の肝臓手術を終えて、元気な頃に行ったコンサートを思い出していた……（この日もあの時と同じく涙していた）

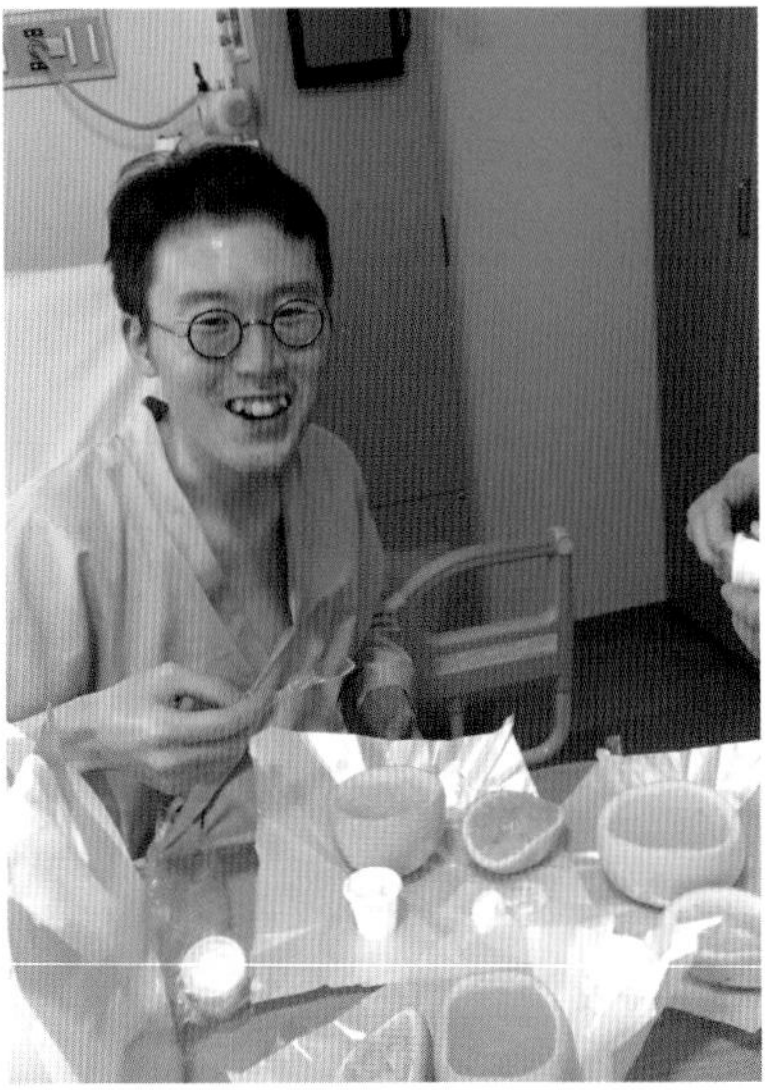

2016.8.3　GISTの腫瘍切除手術の成功に満面の笑みで食べるバースデー・ゼリー

2019.1.2　兄知康と日本橋の三越前でふざける康昭

仕事帰りに帰省中の知康を交え家族と夕食

よく行った退蔵院の庭、綺麗に咲いた藤棚の下で何を考えていたのか……

2019.5.3　天目茶碗を見て満足した帰りに、青山のカフェテラスでお菓子を堪能、おちゃめないつもの康昭

鰻が好きで、行き付けの店へは一人でも食べに行った

シックな色合いのアロハシャツ、よく着てくれたなぁ……

終焉を意識してか、通院時には必ず三人の写真を自撮りしていた

毛皮のフライトキャップは冬のお気に入り、しかしあの夜に致命的な変化が…

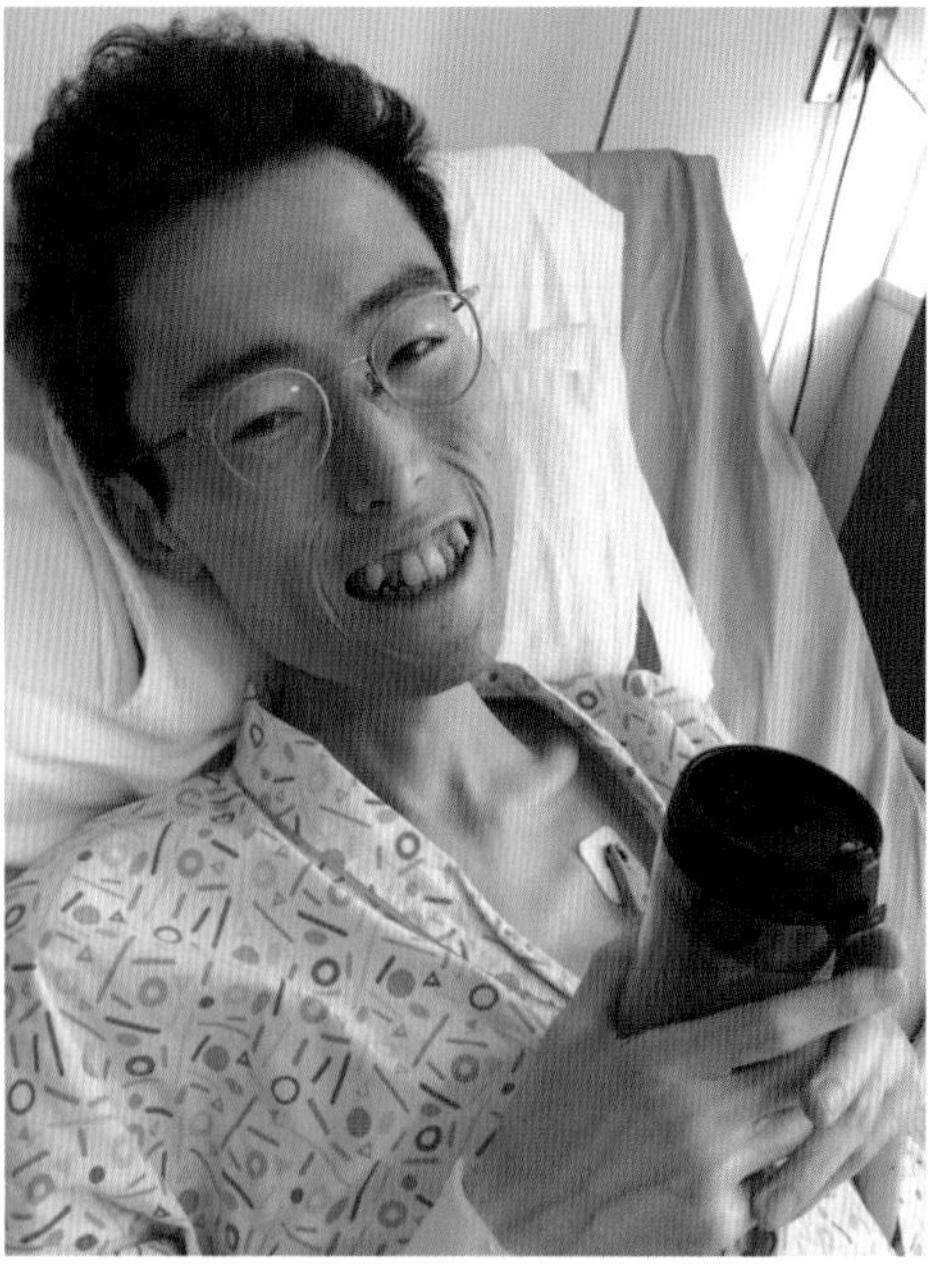

"極楽気分をありがとう"お母さん好きやで……

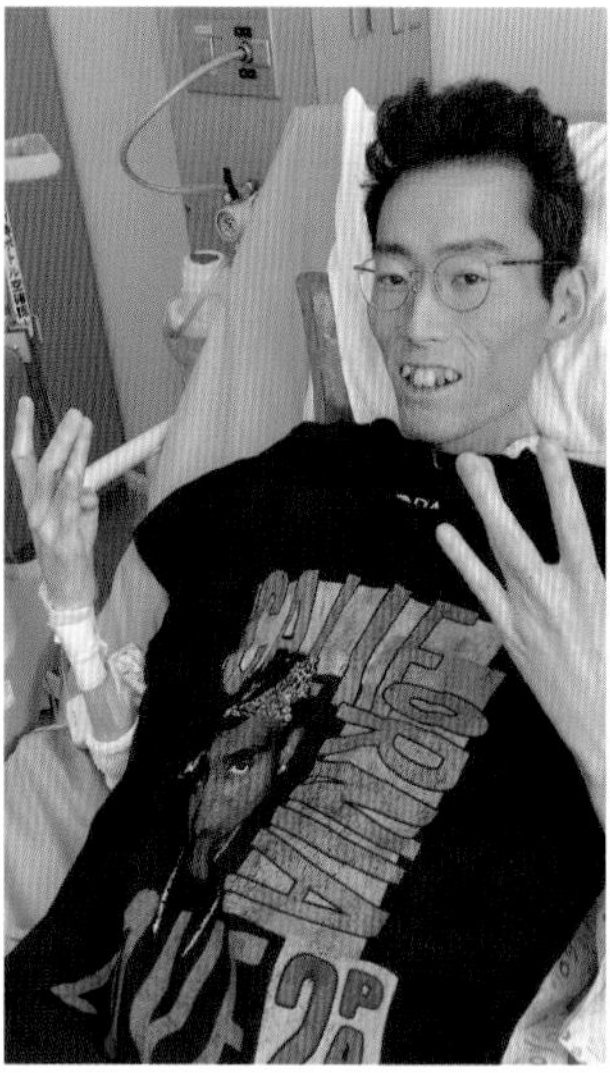

2pacのTシャツ、「これを着ていろいろなところへ出掛けたかった……」

GIST
（ジスト 消化管間質腫瘍）

―"懸命に""誠実に"が作った濃密な6年4カ月―

多羅 順之
TARA Yoriyuki

多羅 晶子
TARA Akiko

文芸社

はじめに

２０２０年３月29日（日曜日）午前８時48分、最愛の息子康昭の６年４カ月に亘《わた》る闘病生活の幕が下りました。闘い続けてきた敵はＧＩＳＴ（ジスト＝消化管間質腫瘍）という、いわば希少癌でした。

我々はその闘いの中で、できる限りのことをやってきたつもりですが、結果は病に負けてしまいました。

私たちは何とかこの希少癌に対しても、人類が勝利する日が早く来るように、息子康昭の命が無駄にならないようにと願い、その思いを一番強く持っていた息子康昭と共に過ごした、闘病生活の思い出を綴《つづ》ることにしました。

文中には、医療現場に対する批判めいた記述に読み取れる部分があるかと思いますが、誤解を恐れずに、患者の家族として感じた正直な気持ちをある程度そのまま綴りました。

それが、死後自らの臓器を提供し、今後の医学の進展に役立ちたいと願った、息子康昭の強い思いへ報いることになると考えるからです。

言うまでもありませんが、息子康昭本人も我々家族も、関係して頂いた医療現場の方々には感謝の気持ちでいっぱいです。このことは、誤解のないように付け加えておきたいと思います。

加えて、康昭が勤務させて頂いた東和薬品株式会社の皆様にも心から感謝申し上げます。特に病に倒れてからは、何かとご配慮を頂き、何とか本人の望む勤続10周年を達成できました。最後の勤務場所である京都営業所の皆様にも、病状悪化後もいろいろとご配慮を頂き、最後まで勤務させて頂くことができました。感謝の申し上げようもございません。

お世話になった皆様には、康昭本人もぜひお会いしてお礼を申し上げたかったと、今際《いまわ》のきわに申しておりました。

また、文中ではお世話になった方々のお名前をお礼の意味も込めてお書きしたかったのですが、個人情報などの観点から、個人名や団体名など極力記載しないことにさせて頂きました。何卒ご容赦下さい。

今日、五大癌の治療薬開発や治療方法などはかなり発展したと聞いておりますが、一方で希少癌に対する研究開発はまだ進んでいないように思われます。また、ｉＰＳ細胞を応用した癌の治療薬や予防薬の研究開発も、加速度的に進んでいると聞いております。一日も早く希少癌についても治療薬の開発や治療技術の発展、さらにはゲノム研究の成果などが成し遂げられることを願い、この書を息子康昭の墓前に捧げたいと思います。

２０２０年８月３日　康昭34歳の誕生日に捧げる

多羅　順之（父）
多羅　晶子（母）

目次

序

〝愛する〟ということが、どれほど難しいことか、
思い知らされた。
最愛の息子が病で倒れ、治療を施すために
〝がんばれ！〟と励ましてきた。
息子が最期を迎える時に、彼の苦しみの大きさが
初めてわかった気がした。
愛情を最大限に注ぎ、何としても命を救いたくて。
何とか助けたくて、一緒に頑張ってきたつもりだった。
しかし、本当に必死に頑張って生き抜いてきたのは、息子一人だったように思う。
私たちは彼に〝生きる苦しみ〟しか与えていなかったのではないか。

「癌って本当に怖いもんやなぁ」

息子が最期を迎える2週間ほど前に言った言葉、
正直な彼の気持ちを聞いた気がした。
お互いに手を取って病室で泣き合った。

「お母さん、体がバラバラになる。上下逆さまになる」
「お父さん、もう無理、スパッといって！」

最期を迎える2日前の真夜中、うわごとではなく
ハッキリした言葉で私たちに訴えた。
私たちは無力にも彼の手を取るだけしかできなかった。
彼は最後の最後まで「与えられた命」を大切にし、
懸命に生き抜いた。

２０１３年11月28日(木)
…………ＧＩＳＴって？　苦悩を共有した日

「お父さん」

「はい、なに？　どうしたん？」

「明日こっちに来てほしいねん。大事な話があるんや」

「大事な話って？」

「明日話すし」

「だいたいどういうこと？　どんな話？」

「明日話すし」

「わかった。どこへ行けばいいの？」


普段仕事中の私に電話をしてこないのに、その冷静で単調な話しぶりと、声色からも余り良くない話であることは察しがついた。なのでそれ以上に内容を確認することもなく、明日の訪問を約束した。
場所は、康昭が取引の新規開拓をしている奈良の病院らしく、そこへ行けば彼に会えるというので、行くことを約束し電話を切った。

次の日は妻晶子の乳癌の手術をする日であったので、退社後入院している彼女のもとへ行き、今日の康昭の電話内容を話した。晶子も自分の乳癌の手術が不安だったと思うが、母親らしく明日はまず康昭の方へ行ってほしいと言ってくれた。最近の乳癌治療は、先が明るくなったとはいうものの、女性にとって片方の乳房を全部摘出するのであるから、やはり不安と失意に満ちていたと思う。しかし彼女は気丈であった。

取り敢えず晶子との打ち合わせ通り、明日は仕事を終えてまず康昭のもとへ行き、話を聞いてから、晶子の手術後の様子を見に京都へ帰ってくることにした。京都⬇奈良県北葛城郡（近鉄五位堂）⬇京都北山通………ハードな移動スケジュールであるが、妻と息子の最大のピンチであり頑張るしかないと思った。

翌日、その奈良の病院へ行ってみると、康昭は入院していた。顔の表情は硬くて無表情に近く、いつもの康昭らしからぬ雰囲気だったが、平静を保っていた。私の訪問を待ち受けていた康昭と一緒に、院長先生のおられる診察室へ行った。

「お父さんですね。一昨日、彼が倒れましてね。診察させて頂いたのですが………。恐らくは〝ＧＩＳＴ（ジスト）〟という病気です。消化管間質腫瘍といいまして、肉腫、悪性の腫瘍が彼の場合は〝空腸〟にできていると思われます。空腸とは十二指腸の先にあるのですが、うちの病院の内視鏡では十二指腸までしか見えず、腫瘍の場所まで届かないので腫瘍は見えませんでした。しかし、症状からして空腸にＧＩＳＴという腫瘍ができていると考えられます。このあたりでは、天理市にある病院なら設備が揃っていますので、明日、彼をそこへ連れて行って下さい。なかなか珍しい病気で、発見するのが難しい病気です」

「癌ですか？」

「癌は表層部にできますが、ＧＩＳＴは内層にできる悪性の肉腫です」

初めて聞く病名であり詳細はすぐには理解できなかったが、かなり厄介な病気になったことは理解できた。

「明日、彼をその病院へ連れて行って、精密検査を受けさせて下さい。先方には私から連絡してありますので……」

ただただ呆然として聞いていたが、とんでもないことになっている…………それはすぐに理解できた。私自身もそれを聞いてショックが大きかったが、康昭の精神状態がもっと心配された。


院長先生の話を聞き終えた時、すでに夜の気配が病院の外に漂っていた。康昭は今晩も病院に泊まることになったので、玄関まで私を見送りに来てくれた。玄関を出る前に、後からついてくる康昭を振り返ってみると、それまで気丈に平静を保っていた彼の姿は、両肩を大きくゆすりながら顔をくしゃくしゃにして泣きじゃくる姿として目に入ってきた。その失意の底に打ちのめされた心理状態は、先ほど私が院長先生から話を聞いた時の衝撃よりも、はるかに強い激震であったに違いない。何と声を掛けてやれば良いのだろうか。

私は感情を必死に堪えて、短い会話を何とか声にした。

「康昭、泣くな!……」

「泣いてへんわい……」

この短い会話の終わりには、私の方も彼に負けないくらい涙を流していた。溢れる涙のせいで、彼の姿が見えていなかった。お互いに手を取り合って泣いた。私は、腹に力を入れて、更に言葉を掛けた。

「これから、お母さんの病院へ行ってくる。お母さんは今日、手術をしているから見に行ってくる。明日また迎えに来るからな……」

「うん……ありがとう……」

康昭も懸命になって、涙を堪えていることがよくわかった。

康昭が不憫でたまらなく、もう一度振り返って見たが、彼の姿は黒い影に見えるだけだった。私は溢れる涙を拭きながら、京都の晶子のもとへ急いだ。

康昭は2日前にその病院で検査を受けて入院していた。その前日に身動きが取れないほど腹部に激痛が走り、今まで経験したことのない症状だったので、その病院へ駆けつけたのだった。28日の今日私と会うまでの時間が、彼にとってどれほど長く重苦しいものであったか。今となっては容易に想像がつく。

何とか彼を救う方法はないのだろうか……。

京都へ帰る道中のことは覚えていない。ただただ息子康昭が不憫でならなかった。

嗚呼、何という神のいたずらか！

妻の病院へ向かう道中、私は彼の生まれた時からのことを思い出していた。

1986年8月3日(日)……………念願の息子二人が誕生した

康昭は二卵性双生児の弟だった。兄は知康と名付けた。早産だったので、二人とも健康に育つようにと「康」の字を名前に付けた。

思い返せば、二人が生まれる前に、妻晶子が医師の言葉を気にしていたことがあった。

「双子なので一人はうまく育たないかもしれない…………」

そう医師から言われたと、悩んでいたことがあった。彼女のショックは相当大きなものだったようで、彼女の実家の両親が、いくら宥《なだ》めても手の付けられない状態だった。二人一緒に生まれてこないと駄目だと泣きじゃくっていた彼女を、私が宥めてようやく落ち着かせたことがあった。

1986年8月3日（日）
…………念願の息子二人が誕生した

「子供と手をつないで歩きたい」

待望の子供を授かるまで、晶子がよく言っていた言葉だった………。

「まさか、〝一人は育たないかもしれない〟と言われたそのことが、今回のことを暗示していたのか？」

「そんなことはない！　あれは妊娠中のことで、双子だから母体に負荷がかかるということだろう」

「では何故、康昭がこんな目に遭わなければならないのか？」

帰る電車の中で、私は自問自答を続けていた。

生まれてからは順調に成長してきた。どちらかといえば、よく風邪をひいていたのは兄の知康の方で、康昭が熱を出したことはあまりなかった。

思い出は時系列に関係なく続き、生まれて間もなくの頃から記憶が蘇ってきていた。

東京へ転勤になったが、まだ二人は赤ん坊だったので、私たちも二人掛かりで風呂に入れていたなぁ……。

体の大きさくらいの小さな桶を用意して、二人を順番に風呂に入れていた。あの時に子守唄代わりに口ずさんでいたのは……たしか「アヴェ・マリア」とビートルズの「グッド・ナイト」(ホワイトアルバムに収録されている)だった。その後、元気にすくすく育った子が、まさか倒れるなんて……。

世田谷の奥沢にあった社宅を出て、小田急沿線の柿生にマンションを買って引っ越した。子供たちはまだ小さかったので、ほとんどマンションの中で遊んでいた。晶子が知康を先にお風呂に入れている間、康昭はベビー用のチェアに静かに座って待っていた。大人しい、手の掛からない赤ちゃんだった。よちよち歩きができるようになってからは、極力近場の公園など、自然の中で遊ばせてやるようにしていた。

柿生での生活は短かったが、歩けるようになってから行った町田市の「こどもの国」では、康昭はキャッキャッと喜んで羊を追いかけ回していたのに……。

その後京都へ戻って、幼稚園に入ってからも元気な毎日を過ごしていたのになぁ……。

幼稚園に通っていた頃は、よく岩倉にある同志社高校のグラウンドで走り回ったり、宝ヶ池の国際会館の植栽のところで元気に遊んでいた。

京都御所にもよく連れて行って遊んだなぁ……。

彼が入園した幼稚園はカトリック系の幼稚園で、モンテッソリー教育という、年少から年長までを同じクラスで教育する方針が取られており、他に兄弟のいない双子の彼らにはちょうどいい環境だった。

〝夏祭り〟では、みんな浴衣姿になり、屋台で買い物などを楽しんでいた。兄の知康はジュースとスナック菓子など食べ物を買っていたのに対し、康昭はあまり食べ物に興味がなく、必ず〝お面〟を買っていた。その時の写真は今でもリビングの本棚に飾ってある。懐かしいなぁ……。〝祇園祭〟の夜店でも、康昭は必ず〝お面〟を買っていた。あの時、嬉しそうに走り回っていた康昭が、何故……。

宝ヶ池にある国際会館の植栽のところでは、思い出が多いなぁ……。

雪が降った時は、雪で遊び過ぎてびしょ濡れになったけど、お構いなしで遊んでいた。

「お母さんにはわからんようにしよなっ！」

と二人で口裏を合わせていた。あんなに元気にはしゃいでいた子なのに……。

そういえばある日、植栽のところで、〝飛び蜘蛛〟を見つけた二人を驚かせたことがあった。蜘蛛が二人に話しかけているように、そっと背後から声を掛けたのだ。

1986年8月3日（日）
…………念願の息子二人が誕生した

「ともちゃん、やっちゃん、こんにちは！」

と、やや低い声で話しかけ、知らん顔をしていたら、

「あれぇ、お父さん、クモがしゃべってるでぇ！」

と、その冗談が大成功したものだった……。


うまくだませたといえば、クリスマスの時もそうだった。物陰に隠れて〝鈴〟を鳴らして、

「あれっ！　誰やろ？」

と言ったら、本当にサンタクロースがいると信じていたなぁ……。


幼稚園に通っていた頃、家族4人でシンガポールへ旅行した。あの時みんな順番に体調を崩したけれど、康昭だけは平気だった。それなのに……。

海外旅行といえば、彼らが高校生の時に、ロンドンとパリに連れて行ったけど、知康はパリで熱を出したのに、康昭の方はまったく元気にしていたのになぁ……。

そうそう、兵庫県の西宮市へ京都から引っ越して、阪神大震災を体験した時も無事だっ

たのになぁ……。

あの時は大変だった。インフルエンザが流行っている時で、この時は息子たちは二人とも順番に熱を出してしまった。一人が治りかけていたが、もう一人はまだ薬が必要だった。地震は、私が小児科医院へ薬を貰いに行った翌日の出来事だった。

我々の住居は阪急今津線の甲東園《こうとうえん》という場所にあった。有名な宝塚歌劇団のある宝塚駅も近くにある。住居は甲東園の駅から、高台の上まで歩いて行ったところにあった。

地震が起きた時、息子たちはまだベッドの中にいた。激しい縦揺れと振動で、食器や照明器具が部屋中に飛び散っていた。息子たちは二段ベッドで寝ていたが、風邪の看病がしやすいように、順番で上下入れ替わっていた。その時康昭は下の段に寝ていたが、上の段の知康がベッドを揺すぶっているのかと驚き、目が覚めたと言っていた。天井のシーリングライトが壊れ落ちて、彼らのところにもその破片が飛び散っていた。怖がる彼らを、母親の晶子が〝ギュッ〟と抱きしめてやっていたが、まだ小さい割には気丈にしていた。

しかしその週の中頃になると、隣の仁川《にがわ》周辺の土砂崩れが止まらないので、京都の実家へ避難することにした。車の中に当面必要となる荷物を詰められるだけ詰めて、というよりも車の空間いっぱいに荷物を詰め込んだあとの僅かな隙間に、息子たち二人と家内が入り込み、私の運転席も極力前に詰めて、一家4人で京都の実家に帰ることにしたのだった。子供たちはおもちゃを持って帰ることも我慢してくれたが、

「一つだけ好きなおもちゃを持って行っていいよ」

と言う晶子の言葉に、知康はミニチュアカーであったが、康昭はソニープラザで買って貰った〝バットマンのフィギュア〟であった。大人になってからも康昭のバットマン好きは続いたなぁ……。

今、降って湧いてきた苦境から、康昭バットマンは打ち勝つことができるのだろうか……。


西宮から抜け出す時、171号線の橋は工事中と地震による被害で1車線しか通ることができず、神崎川を渡るまでに5時間程度を要した。その後京都まで1時間を要し、結果、京都の実家にたどり着くまでの6時間を、家内と息子たちは、狭い車中で無事に乗り切ることができたのは驚きだった。その時も息子たち二人は冷静に車中で耐えていた。それまで家の中にいたので、震災の悲惨な爪痕を見たことがなかったが、街灯に照らされる瓦礫の山を見て、さぞかしショックであったろうと思う。兄の知康の方はその後頭髪に小さな円形脱毛症の症状が出たが、康昭の方は心理的な影響もなく、元気に過ごしていた。それなのに……。

そういえば、京都の実家に戻ってからも、それまで通っていた西宮市の小学校へ二人で電車通学をしていた。二人して神戸まで寝過ごした時も無事に戻ってきたし、康昭は一人JR京都線で帰宅する時に、居眠りをしてしまい、滋賀県の近江八幡駅まで乗り過ごしたが、その時も無事に帰ってきた。それなのに、何故今こんな病魔に襲われなくてはならないのか……。

1986年8月3日（日）
…………念願の息子二人が誕生した

息子たちが生まれた時、早産だった。双子にはありがちなのだそうだ。まだ出産予定日まで2カ月ほどあったが、私の仕事が忙しかったのと、妻の実家がある大津が京都から近いこともあって、妻は大きなお腹を抱えて実家に戻っていた。週末は私が家内の実家へ泊まりに行くことにしていた。

1986年8月3日（日）早朝、真夏の夜明けは早く、窓の外はすでに庭の木がはっきり見えるくらい明るくなっていた。家内が何やら話しているのに気が付き、私も起きて家内に声を掛けた。

「どうしたの？」

「あっ、大変や！　破水してる！」

せっかちな息子二人が早く世の中を見たいと言ってきたのだ。急いで義父を起こし、義父の運転する車で京都の北山通にあった産婦人科へ急いだ。途中山科あたりで上空を見上げると、夏空は熱気を帯びて我々の道中を見守ってくれていた。

産婦人科へ着くと私のすることはない。ただその時を待つばかりであった。

2時間ほどして長男知康が生まれた。体と同じ大きさの酸素ボンベと一緒に、手提げバッグに入れられて、早産には定評のあるカトリック系の病院へ搬送された。未熟児であったので、保育器にしばらく入れて成長を促すためだ。

もう一人がなかなか出てこない。後で聞いたのだが、やはり出産に手間取り、30分ほどの時間を要したそうだ。しかし、次男の康昭も無事に生まれ、同じ病院へ搬送されて行った。

後で病院へ行ってみると、二人とも元気に保育器の中で成長を続けていた。康昭の方はお産に時間がかかったせいで、頭が少し長細くなっており、当時の若く可愛らしいナースたちから「火星ちゃん」というあだ名を貰っていた。二人とも血管とつながった細い管をいっぱい付けながら、順調に成長を続けていた。

その後、東京へ転勤になってから、世田谷の小児病院で定期健診をして貰った時も、

「何にも問題なく育ってるよ。生まれた時に1900グラムくらいあれば、早産なんて言わねぇんだよ！」

と、江戸っ子医師から一喝され、勇気づけられたこともあった。

何故今頃病魔に襲われるんだろう……。

幼稚園から小学校4年生くらいまで、毎年夏休みには賢島《かしこじま》へ連れて行ったなぁ……。白浜も、鳥取も……いろいろなところへ連れて行ったけど、いつも元気にはしゃいでいたのに……。

そんなことを思い出しながら、天理市から京都への車中で、私の頭の中は息子たちとの懐かしい思い出と、様々な形をした疑問符が混在していた。

妻晶子の乳癌手術……、まずは母親の晶子が元気に回復せねば！

晶子が手術を受けたのは、北山通にある〝乳腺専門のクリニック〟であった。駆けつけるとすでに手術は無事終了しており、彼女は病室で麻酔の覚めるのを待ちながらベッドの上で寝ていた。声を掛けるとまだ意識が朦朧としていたが、私の話しかける声はわかったようで、「痛い」と言いながらも康昭のことを聞いてきた。逐一説明したので状況は理解できたようで、とにかく明日は康昭のところへ行ってきてほしいと私に言った。

晶子は様子がおかしいということで、10月17日に検査を受け、23日に再検査、その翌日検査結果がわかり、乳癌の疑いが濃厚となった。11月5日に再度検査をし、7日の結果を受けて11月28日の手術が決まっていたのだ。手術の保証人として、康昭もサインしていたのに、その後に病気が判明するとは、なんと皮肉なことか。

翌日、康昭との約束通り入院中の奈良の病院へ行き、退院手続きと院長先生への挨拶に臨んだ。院長先生は言葉少なに、転院先の病院への連絡が済んでいることを私たちに告げられた。ナースステーションには数名のナースがおられ、我々を見送って下さった。全てのナースの顔は、当然のことながら患者の退院を喜ぶような笑顔ではなく、まるでキリストの受難を憂う民のように、皆うなだれて顔は憂いに満ちていた。社交辞令としての「お元気で」などの挨拶も、当然口から出るような状況ではなかった。全てのナースの顔は、この若者の不幸な運命に同情した沈痛な表情であった。転院先の病院という新たな戦場へ向かう戦士にとって、何とも士気の上がらない見送りであったが、優しさに満ちた彼女らの心情は十分に理解できた。我々は、ただただ感謝の気持ちでいっぱいだった。涙がこぼれる思いで皆さんへの挨拶を終わらせ、新たな戦場である天理市の病院へ向かった。

闘いを共有する日々が始まる
…………何としても康昭を助けたい

息子康昭の苦悩の日々を我々が共有していく日が始まった。しかし、私も妻も彼のこれからの苦悩の日々を、どこまで具体的に共有することができるのだろうか。私たちのできることを全てやり尽くすしかない。これが今考えられることだ。しかし、〝そのやれること〟とはどういうことが考えられるのか……。

晶子は12月3日（火）に無事退院することができた。何といっても体にメスを入れたので、その週は自宅で静養し、翌週から康昭のところへ行くことにしようと言ったが、晶子はやはり康昭のことが気になるらしく、退院翌日から天理市の病院へ行った。医師からは、「まだ免疫が戻っていないので、必ずマスクを着けて行くように」と厳重に注意されてのことだった。平日は晶子が一人で看病に行き、週末は二人で病院へ行く日が続いた。

２０１３年12月9日（月）、天理市の病院へ二人で行き、午後4時から担当の先生と面談した。その先生の診断もやはりＧＩＳＴであり、肝臓などへの転移も進んでいるので、治療は困難との見解が示された。何という悲劇なのだろう。先生からは、「とにかく一日一日を大切に過ごしなさい」とのアドバイスを頂いたが、前向きな治療に関しては否定的な意見であった。

「腫瘍部分の切除や肝臓に転移しているものを取り除く手術はどうでしょう？……」
「腫瘍の場所が場所だけに、手術は難しいです……。肝臓へも沢山転移しているので……」

康昭は入院を続け、薬物療法を行うという説明が繰り返されるだけであった。

後に康昭本人から聞いたことだが、本人にはその先生から「職場復帰は無理、一日一日を大切に過ごしなさい」との宣告を受けていたそうだ。仕事をすることが何より好きな彼にとって、その宣告は、余命宣告を受ける以上に残酷で、かつ冷酷なものであったに違いない。

確かに医師にとって、病状を患者にどの程度告げるかは非常に難しい問題だ。特に治療の施しようがない場合、若い患者には真実を告げる方が親切なのか、或いは告げない方が良いのか……これは永遠の課題かもしれない。だが、誰がその患者のことをよく承知しているか、理解するためにある程度の時間を要することも事実だ。

独身の若者の場合、残酷で冷酷な宣告は、両親と相談してからにしてほしかった。親心として正直なところだった。

とにかく、この状況をもう少し把握する必要があると考え、晶子の従兄弟が医師であり、大津市で病院を経営していたので、そこへ話を聞きに行くことにした。

院長室に入ると、その従兄弟の医大時代の同期生の先生二人が来ておられた。しかし、そこで話が出たのはＧＩＳＴによく効く薬としてグリベック（イマチニブ）という薬があることと、現段階での治療方法は薬物治療しかないこと、という結論であり、さしたる新しい話を聞くことはできなかった。

この日の大津市は晴天であったが、琵琶湖の湖面を強風が吹き荒れるほどで、地上の我々にも強風が容赦なかった。

この先の見通しは〝晴天〟なのか、〝強風〟なのか、とにかくやれることは全てやり尽くすことだと決心した。

その後も、平日は晶子が一人で、週末は二人で天理市の病院通いを繰り返した。天理市は京都からは遠過ぎて、このままこの病院で治療を続けるには限界があるので、早く京都へ連れ戻そうと思った。また、前向きな治療を相談するには、あまりにも我々にとって不慣れな場所であったので、康昭を京都の実家へ連れて帰りたかったのだ。

しかし、康昭の考えは当初少し異なっていた。つまり、奈良のアパートに留まり、そこから病院へ通いたいと言っていたのだった。それは、そのまま奈良のアパートに留まることで、従来通りに奈良営業所に勤務したかったからだった。それだけ康昭は担当医師の宣告に逆らってまでも、仕事を続けたかったのだった。

ある日、晶子は康昭から「アパートの掃除をしておいてほしい」と、頼まれたことがあった。あまり深く考えずに、母親として部屋掃除に行ったのだが、ベッドの布団の上げ方や、洗濯物を取り入れた後の片付け方など、実家で母親がしていたことを、そっくりそのまま行っていたことに晶子は感心していた。しかし、掃除をしてほしい理由が、そのまま奈良に留まり仕事を続けたいとの意思からそう頼んでいたとは、その時は想像もしていなかった。机の上は仕事関係の書類や資料でいっぱいだったことを晶子は覚えている。

しかしながら、職場復帰は無理とまで言われていたことと、今後の治療方針を探るには、やはり地元京都の病院が良いと考え、転院を望んだ。そして、康昭もようやく承諾したのだった。

天理市の病院の担当医師に、京都の大学病院へ転院するための紹介状を頂いたが、さて、新たなラウンドをどのように闘えば良いのだろうか……。

２０１３年12月22日（日）、この日は冬至であり、日が暮れるのも早い。とにかく康昭のアパートの荷物などは後日回収することにして、入院中の身の回りの物を持って京都へ連れて帰った。次の日は天皇誕生日で祝日でもあり、康昭と自宅でゆっくり話してみることにした。

康昭は冷静に見えたが、内心はかなり意気消沈しているに違いなかった。

２０１３年12月27日（金）、午前10時40分からの診察のために、康昭を連れて大学病院のがんセンターへ行った。もちろん天理市の病院から頂いた紹介状を携えてである。地下駐車場に車を止めて、１階の病棟を目指しやや急ぎ足で向かった。外来患者の往来も多く、病院というより繁華街でも歩いているかのような人の多さであった。

「お父さん、ちょっと待って！」

晶子に付き添われながら、後ろを歩く康昭の悲痛な声が聞こえてきた。彼は今までの彼らしい歩き方ができず、地下から1階へ上る階段を、一段一段、ゆっくりとした足取りでしか上れていなかった。なるほど、貧血状態もひどかったとみえて、普通の速度で歩くのも大儀であったのだ。こういう症状が出ること自体、私たちには大きなショックであった。

その後、しばらくは大学病院での検査と診察を繰り返すことになる。担当の先生は、まだ若い医師であったが、消化器の癌が専門のようで、GISTについてもある程度の診察経験がある様子だった。康昭との会話もGISTの具体的な症状について確認しておられた。しかしながら、やはり腫瘍の場所と肝臓への転移状況から、積極的な治療方法について説明されることはなく、薬物化学療法によるしかないとの説明であった。

GISTに用いられている薬は今のところ3種類しかなく、いずれも時間がたてば耐性ができてしまい、薬が効かなくなってしまうとのことで、明るい話ではなかった。

グリベック（イマチニブ）、スーテント（スニチニブ）、スチバーガ（レゴラフェニブ）の3種類の薬が長く効き、その間に第4、第5……と新薬が開発されて、やがて康昭の腫瘍もその薬で治せる時がくることを祈るばかりである。それにしても、これらの薬は何時まで効果があるのだろうか。何時頃に耐性ができてしまうのだろうか。不安な気持ちでいっぱいだった。

しばらくはこれらの薬物化学療法により、担当医師の診察を続けていった。

その後も、大学病院で診察を続け、グリベックを服用しながらいくつかの検査をし、病状を観察していくことになる。

康昭が昨年に倒れ、かなり厄介な病状であるとの情報は、彼の会社の同期社員の間で共有されていた。倒れてからしばらく自宅療養中であるため、康昭を元気づけようと男女十数名の同期社員の人たちが、自宅にお見舞いにやって来ることになった。

2014年1月26日（日）、康昭の友人多数が自宅にお見舞いに来てくれた。サラリーマン社会では、同期入社の社員同士が強い結束力で結ばれていることは承知していたが、予想以上に多くの同僚が、見舞いに駆けつけてくれたことに驚いた。京阪神地区の営業所へ赴任している人たちだけでなく、名古屋など遠くの営業所にいる仲間も来てくれた。彼の人徳がそうさせたのであろう。親として何とも嬉しいことだった。

その後も、自宅にて療養を続けながら、大学病院へ外来患者として通院した。CT検査やPET検査などが繰り返されたが、診察のない土曜日と日曜日には、アパートから引っ越す準備のために、何回か車で奈良へ向かった。国道24号線を利用した小旅行、目的地へ着くことが楽しみの旅行ではなく、野球でいえば敗戦投手がベンチへ引き揚げるまでの、遠くて長い道のりに似ていた。時には康昭と二人で、また時には晶子も含めた親子3人で、何回かに分けて通った。田舎のコンビニエンスストアの駐車場は広く、昼食時には駐車場に車を止めながら車中でコンビニのサンドイッチなどを頬張った。康昭との会話は必要以上のものはなかったが、3年間ほど過ごした奈良の生活を話してくれた。

「ここが何時も話してた飯屋なんや。時々おかずをおまけしてくれたなぁ」

たわいない会話であったが、元気に走り回っていた頃の懐かしさと、もうあの生活には戻れない無念さ、それらが入り交じった複雑な心境を、親の目から容易に見て取れた。昨年倒れた時に宣告された、「将来はない、間もなく終わるだろう」という内容の医師の話に抵抗するように、「残された人生を大切に生き抜こう」という彼の決意のようなものが感じられた。

その後も、春を迎えるまで自宅療養を続けながら通院を繰り返した。

闘いを共有する日々が始まる
…………何としても康昭を助けたい

２０１４年４月26日（土）、いよいよ奈良のアパートを引き払い、康昭の荷物を京都の実家へ運ぶ日が来た。兄の知康も東京から駆けつけてくれ、引っ越しを手伝ってくれることになったので、レンタカーのワンボックスカーを借りて引っ越しをすることにした。

いよいよ本格的に康昭の京都生活が始まるのだ。これからが闘いの本番なのだと、ワンボックスカーを運転する私は自分に言い聞かせていた。

グリベックはよく効いた。康昭は、私たちの休みの日には、一緒に京都を散策できるまで回復した。私たちも息子との思い出を少しでも多く残そうと、いろいろなところへ出掛けるようにした。鴨川の遊歩道、神社仏閣、美術館、博物館、映画館、甘味処、蕎麦屋など、康昭の好むところへ出掛けた。康昭は、〝この薬が頼り〟という意識が強かったのか、薬を服用する時間の管理には神経質であった。

そうこうしている内に、かなり体力も回復してきたので、職場復帰したいと言う本人の希望に対し、担当医師からも許可が出た。そのことを会社へ伝えたところ、会社のご配慮もあり、２０１４年６月２日（月）から、本社（大阪の門真《かどま》市）での勤務が許可された。

「康昭、おめでとう！」

天理の病院では、できないと宣告されていた職場復帰ができた。〝職場復帰不可能〟を宣告されていたが、臆せず新たな医師に思いを打ち明け、ひたすら前を向いて歩き続けた、息子康昭のわずかながらの勝利だった。

確かに僅かばかりの勝利だが、その意義は大きく、康昭の〝諦め〟しかなかった〝余命〟を、有意義なもので全うするきっかけができたように思った。

しかし、後でわかったことだが、この社会復帰の1週間ほど前には、彼の生きる〝希望〟を逆撫でするような、フィアンセとの別れという出来事があった。大学時代に知り合った彼女は、いつも口癖のように「何があってもずっと一緒やで」と言っていたらしいが、不治の病に倒れた康昭が、彼女の将来を考えて別れ話を切り出していた。

倒れて約半年後に訪れた社会復帰という喜びに対して、一方では同時期に何とも虚しいもう一つの現実を、彼は誰を恨むでもなく受け入れていた。彼女のことを思い、間もなくこの世から消えてしまうことが確実な自分のことは忘れ、新たな自分の人生を歩むべきと考えて別れ話を出したのだが、あまりにも短時間で、相手が出した結論に直面した時の康昭の心情を考えると、やるせない気持ちでいっぱいになる。

これらのことは、康昭が死ぬ1カ月くらい前に彼から聞いて知ることになったが、彼はそれまでもそれ以後も、恨み言など何一つ言ったことはなかった。

この後も、大阪の本社勤務を続けながら、大学病院への通院も続けた。その間、PET検査や内視鏡検査など種々の検査が繰り返し行われた。グリベックのお陰で職場復帰もでき、元気に勤務を続けていたが、やがてグリベックに耐性ができてしまった。スーテント、スチバーガと薬を替えて治療が続けられたが、スチバーガの副作用である〝手足症候群〟には悩まされた。掌の副作用もさることながら、足の場合は靴擦れがひどくなり、歩くことに苦労した。それでも、ゆっくりとした動作で勤務を続けていた。

その間に、担当医師がより若手の医師に替わったが、その医師は経験も少なかったようで新たな次の一手が示されることはなかった。

〝希望の光〟がハッキリと見えてきた
………腫瘍切除手術に臨む・親友葛葉は心の支え

スチバーガによる手足症候群はひどくなる一方であり、本当にこのまま手をこまねいているだけしかないのかと思い、セカンドオピニオンのことを考えた。

しかし、誰かに紹介して貰えるようなコネクションは何もなかった。ただネットでGIST治療などに関する記事を調べていると、大阪府の成人病センターや兵庫県の医科大学などで、期待が持てるような記事が書かれていた。そういうネットでの記事を探し回っていた時に、東京の病院に目が留まり、著名な専門医のことを知った。そこで晶子とも相談して、直接手紙を送ることにしたのだった。お会いしたこともない先生への直接の手紙は、私自身もやや無謀な賭けかもしれないと思ったが、息子のことを思うと無謀にならざるを得なかった。

康昭の体の中で起こっていること、診察で医師から言われていること、その後の治療の状況などを記載し、一度診察して頂きたい旨を手紙に書いた。1カ月ほど待ったところで、その病院長からの指示だということで、我々のところに書簡が届いた。担当部署と連絡先電話番号が記載されたカード、患者をいたわる内容の手紙が同封されており、〝患者の都合の良い日を知らせてくるように〟との内容であった。

康昭の仕事の都合はわからないので、康昭本人に連絡をさせ、その日程に合わせて私たちは同行することにした。

後日、その病院から届いた書面には、2016年6月23日（木）、午後1時から院長自らが診察をして下さるので、昼の12時までに正面玄関へ来て受付を済ませるよう指示が書かれていた。

その当日、先生は温厚で物静かな医師として我々の目の前におられた。手紙で診察をお願いした時の返信内容からも、頼りにさせて頂きたい医師との印象を受けていたが、その想像をはるかに超える〝力強い味方を得た〟という気持ちが湧いてきた。

先生は、康昭を触診しながら話を続けられた。

「なるほど、GISTですね。グリベックがよく効いたと思いますが、耐性ができてしまいましたか……」

腫瘍の切除や肝臓への転移部分の切除は難しいと言われていることを説明したが、

「僕なら、まず腸にある腫瘍を切除してみます」

先生は、触診の手を休めて仰った。

その期待はしていたものの、予想はしていなかった意外なコメントに、私たちは微かな〝希望の光〟を見たような気がした。

「しかし、先生。場所が場所だけに切除は難しいと言われているのですが……」

「いや、僕ならできます。しかし、今行っておられる大学病院には僕のよく知っている先生やそのチームの先生方も、この手術はできますよ」

希望の光がもっと強い光線に感じられた。

「それなら先生、そのよくご存じの先生へ紹介状を書いて頂けませんでしょうか？」

私は、内心馬鹿なことを言っているのではないかと思いつつも、強い調子で目の前の先生にお願いしていた。

「はい、いいですよ。住まいが京都だから、京都の病院で手術する方がいいですよね。でももしも、その先生が手術をするのは嫌だと仰ったら、もう一度こちらに来なさい。僕が手術をしてあげます」

何という有り難い言葉か！　今まで為《な》す術《すべ》がないと思われていたのだが、次の一手が見つかった。腫瘍原発部分を切除したからすぐに完治に向かうというものではないが、その

〝希望の光〟がハッキリと見えてきた
…………腫瘍切除手術に臨む・親友葛葉は心の支え

先生の力強いお言葉に、〝為す術〟を見つけられ、〝希望の光〟がハッキリと見えてきた。

まったく有り難い話で、今でもその時のことは感謝の気持ちでいっぱいであるが、不思議に思ったことがある。つまり、東京の病院の先生が京都の病院の先生の医療スキルをご存じで、京都の病院の先生方が同じ組織の医師の医療技術をご存じなかったのか？　或いは、ご存じでもその医師の技術を利用しようと思う、コーディネイトの〝創造力〟がどうして起こらないのか、少し不思議な出来事に映った。

まぁ良い、全てが前向きに動き出したのだから。勇気をもって、〝セカンドオピニオン〟に賭けてみて良かったと思った。

その後、6月の下旬から、京都の大学病院で腸の腫瘍部分切除の手術に向けたいろいろな検査が繰り返された。

２０１６年7月25日（月）、康昭は手術のために入院し、7月27日（水）、午前8時35分から、腸にある腫瘍の切除手術を受けた。

手術は順調に終わり、執刀担当医師から問題ない旨の報告を受けた。何を食べても大丈夫と太鼓判を押して頂いた。奈落の底へ突き落とされた約３年前には想像もできなかったことで、私たちの喜びも大きかった。

もちろん医師の許可が出た後だったが、晶子は康昭の好物の一つである、〝クリケット〟のフルーツゼリーを買ってきた。つまり、２０１６年8月3日康昭の誕生日、〝バースデーケーキ〟ならぬ〝バースデーゼリー〟だった。康昭も手術の成功を喜んで、満面の笑みを浮かべながらそのフルーツゼリーを食べていた。その嬉しそうな笑顔には、今後の治療方法に何らかの希望が見えた喜びがにじみ出ていた。


２０１６年8月5日（金）、午前中に大学病院を退院した。しばらくは自宅で療養し、病院へ手術後の診察を受けるために通院した。

しかし、自宅療養中から少し食べ物がつかえるような症状を訴えていたので、診察をして貰ったところ、切除した腸の部分の傷口がうまくつながっていなかったようで、再度手術をして貰うことになった。それ以後は、腸についてはうまくつながったようであった。

その後定期的な診察を受けるために、康昭は勤務を続けながら通院を繰り返した。私たちも時々その診察に付き添った。


次のステップは肝臓をどうするかであった。病気がわかった当初から、肝臓への転移が

〝希望の光〟がハッキリと見えてきた
…………腫瘍切除手術に臨む・親友葛葉は心の支え

進んでおり、癌化したところが数多くある画像を見せられていた。しかし、薬物化学療法である程度の効果があったとみえて、いくつかの癌組織が〝液状化〟していた。その様子をCT画像で見せて頂き、説明を受けた。

次のステップとして、肝臓の手術を担当して頂くのは、大学病院でも肝臓移植などで有名な、移植外科〝肝胆膵〟の部署であった。腫瘍内科のほかに、そこでも診察を受けるように促された。

ご担当頂いた医師は、肝臓移植手術のベテランの先生であった。10月25日（火）、康昭に付き添ってその先生の診察を受けに行った。

「先生、肝臓に転移している腫瘍部分を切除する方法はないのでしょうか？　肝臓は確か再生機能があると聞いたのですが、悪いところを切除してもまた肝臓は再生されるのではないでしょうか？」

素人ではあるが、親としての切実な希望としてその対策案を、勇気をもって名医にぶつけてみた。

「転移している部分が多く、場所も難しいところ、つまり複雑に神経や血管が走っているそばに癌化した部分があるので……。しかし3Dで見られる新しい機械が入ってきたので、一度それで画像を見ながら検討してみます」

次につながるお話を聞くことができた。だからと言うわけではないが、大手術をお願いしてみることに対し、安心感を抱かせて頂ける先生だった。

その後も何回か、その先生の診察を受けた。結果、手術をする準備のために、11月11日（金）、北病棟へ入院した。16日（水）には、3次元での画像を見せて頂き、手術の概要説明を受けた。

「最近導入した機械で、3次元で見ることができる画像がこれです」

いくつかの色で識別された康昭の肝臓の3次元画像であった。

「複雑に動脈や神経が走っていますので、難しい手術になります。肝臓は再生機能があります。30パーセントを残せば70パーセントを切除しても、だいたい元の大きさまで再生されます」

何故元の大きさで再生が留まるのか、理由は医学的にもハッキリわかっていないとのことだった。

「しかし、一気に70パーセントを切除することは患者に負担が大き過ぎるので、2回に分けて手術をします」

有り難い、また前向きな話を聞くことができた。

2016年11月18日（金）、午前9時から手術が始まった。我々が想像していたよりもはるかに長時間を要し、終わったのは夜の10時30分頃であった。先生のお話では、肝臓には複雑に血管や神経が走っているので、切除した後に傷口を塞ぐのも大変な作業になるとのことだった。なるほどその通りだろう。13時間30分に及ぶ手術をして頂いて、本当に頭の下がる思いであった。

その後、一度退院し、体力の回復を待って2回目の手術に臨むことになる。

2016年12月13日(火)、大学病院へ2回目の肝臓手術のため入院した。翌日の14日(水)、今回の手術の説明を受けた。今回の手術で切除すると、元の肝臓で残るのが28パーセント程度になるとのこと。肝臓の再生機能からすると、30パーセントは残す必要があると前回説明を受けていたが、1回目の手術後の回復状態が良く、また、まだ若いので28パーセント程度残れば再生機能はあると判断したとのことだった。詳細に説明して下さったので、大きな手術であることが容易にわかったが、一方ではこの先生に対する信頼感が増し、安心して手術をお願いする気持ちになった。とにかく、この先生に頼るしかない。

先生からは説明の最後に、

「今回の手術で、根治を目指します」

と力強いお言葉を頂くことができた。

3年前には余命いくばくもないような話を聞かされていたのだから、僅かな望みでもチャレンジしようと考えた。

2016年12月19日（月）、午前9時から2回目の手術が行われた。私たちも病室から手術室の前まで付き添って行った。手術室の中へは、康昭は自分の足で歩いて行った。同時間からのオペを待っている他の患者さんも何人かおられた。康昭は落ち着いており、いつもの調子で私たちと握手をし、トップガンのパイロットのように、親指を真上に立て、笑顔で手術室の中へ消えて行った。

私たちは康昭のいない病室で待っていたが、結局手術が終わったのは、真夜中の11時であった。1回目よりも30分長い、14時間の手術であった。病室で待っていたが、手術が終わりに近づいてきた時に看護師さんから声が掛かり、手術室の前で待つことになった。廊下などの照明は消されており、ほとんど真っ暗な空間で康昭が帰ってくるのを待った。

その時、驚いたことに、康昭の友人の葛葉さんから連絡が入った。

「遅くにすみません。手術はどうでしたか?」という内容で、「差し支えなかったら見舞いに行きたい」ということだった。彼は前回の手術の時も、夜遅くまで手術の結果を気にして待っていてくれていた。今回もこんな真夜中まで、病院の近くに車を止めて待機していてくれたのだった。

〝希望の光〟がハッキリと見えてきた
…………腫瘍切除手術に臨む・親友葛葉は心の支え

葛葉さんは康昭が大学受験の準備で通っていた予備校時代からの友人だ。後でわかったのだが、実は彼も康昭と同じ〝幼稚園〟に通っていたそうで、その奇遇な巡り合わせに驚いたことがあった。彼は康昭が最も親しくさせて頂き、普段から康昭の心の支えになってくれている友人であった。お見舞いを拒む理由などなく、我々は3人で康昭を待つことにした。

康昭が手術室から出てきた時は、もちろん麻酔がかかっているので会話ができず、安否の様子もハッキリわからなかったが、集中治療室へ運ばれる時に一緒に付き添わせて頂けた。血の気の引いた顔と体であったが、手術は成功したとの話を聞いて不安はなくなった。葛葉さんも安心して自宅へ帰って行った。

執刀医の先生から、切除した肝臓を見たいかと聞かれ、私たちは見たいと答えたので、病室で待つようにと言われた。

20分ほどして、先生がビニール袋に入った不要となった肝臓を持ってこられた。康昭の肝臓であるが、まさに〝レバー〟、肉屋でみる〝レバー〟と同じように見えた。先生はそのビニール袋をベッドの上に置き、その〝レバーの塊〟で説明が始まった。水泡化した腫瘍部分を指で押さえ、「このようになっています」と説明された。

嗚呼、今まで画像で見ていた憎き相手の姿がこれなのだ……。

手術は成功しているが、肝臓の7割強を切除しているので、胆管をつなぐ場所がなくなり、腹部の中に胆汁が垂れ流しの状態になる。しかし、特に問題はないとのことだった。気になる点は、残った肝臓の中に、ごく小さな影が2つあり、これが腫瘍なのか、単なる空洞や脂肪なのかわからない、との説明があった。これらが大きくならないことを祈るばかりだ。体中に癌細胞が回っているので、再発するリスクは残っていると忠告されたが、それは仕方のないことであった。癌に侵された肝臓を切除し、そのことで寿命が少しでも延び、その間に〝新薬〟が開発されることを願うばかりである。

3年前に失意のどん底に突き落とされたが、希望のシナリオを描くことができ、取り敢えずは前を向いて進んでいるのである。これからも、やれることをやっていくしかない。

2017年1月16日（月）、無事に退院することができた。その後も腫瘍内科の先生と、肝胆膵の先生の診察を受けるために、大学病院へ通院を続けた。

退院の前日、京都は雪が降り、市街地でも15センチほどの積雪となった。康昭はその雪を病室の窓を通して眺めながら、サカナクションの〝スローモーション〟を聞いていた。その時以前、ガールフレンドのヤギちゃんとコンサートに行った時の思い出の曲だった。その時この曲を聴いて思わず涙したことがあったそうで、この退院前日も窓外の雪を見ながら、同じ曲を聴いて同じく涙した、と後に語っていた。

〝希望の光〟がハッキリと見えてきた
…………腫瘍切除手術に臨む・親友葛葉は心の支え

２０１７年１月29日（日）、私は、思い切って新車に乗り換えることにした。康昭にも何らかの楽しみを与えたかったのだ。その朝、康昭と一緒に自動車を受け取りに行き、その足で〝城南宮〟へ安全祈願のお祓いを受けに行った。当日は、車の運転を全て康昭に任せたが、元気に運転してくれたことが、本当に嬉しかった。元気になって良かった。

まったくの偶然であったが、その日急に東京の知康から電話があり、京都に来たとのこと。京都駅まで迎えに行くことにしたが、元気になった康昭は自分が行くと快く引き受けてくれ、その後も兄弟二人で夕方まで過ごした。康昭のことが心配だった兄の知康と、ゆっくり話をすることができたので良かった。康昭が新車で京都駅まで迎えに行ったので、知康はたいそう驚いていたそうだ。

２月に入ってからも、腫瘍内科の先生の診察と移植外科の先生の診察が繰り返された。検体検査なども織り込まれていた。

そうこうしている間に春を迎えることになり、大阪の病院の治験を受けるチャンスがやって来た。

２０１７年４月19日（水）、午前９時30分から康昭は大阪の病院の治験に参加するため、千里公園の横にある病院に入院した。
23日の日曜日の昼、康昭のところへ見舞いに行くと、お友達のヤギちゃんがお見舞いに来てくれていた。康昭と楽しそうに話していたので、私たちは席を外し同じフロアの食堂の椅子で待っていた。
不覚にも少しの間まどろんでしまい、その間にヤギちゃんは帰っていたので、お礼を言いそびれてしまったことが悔やまれた。彼女のことは康昭から聞いていたし、写真も見たことがあった。コンサートへ一緒に出掛けることもある、趣味の合う友人ということだった。笑顔の素敵なお嬢さんで、病で倒れてからも康昭の心の支えになっている人だと感じた。

入院後新薬の投薬治験が繰り返されたが、4月25日（火）、治験薬が康昭の体に適合しないことがわかり、治験は中止となり退院した。治験に参加できること自体が希少なチャンスであったので、何とか適合してほしかったが、希望は絶たれてしまった。治験のチャンスがもっとほしかった。

その後、康昭の体調は比較的良かった。毎月1回のペースで京都の大学病院の診察を受けたが、ほとんどは私たちの付き添いもなく、一人で行っていた。

そんな中、10月に入ってGIST患者さんで構成された連絡会に一度一緒に行かないかと、康昭から誘われた。その会は定期的に開催されていて、康昭は過去に何回か参加したことがあったようで、今回は私も一緒に行くことにした。

2017年10月7日（土）、午後1時から午後5時まで、大阪難波にあるビルの4階で行われたGISTの連絡会に康昭と一緒に参加した。メインの講師には、GISTの研究で著名な医師の一人でもある大阪の大学の先生が登壇された。お話の中でも東京の病院のあの先生が師匠的存在であると仰っていた。治療薬のイマチニブ（グリベック）に耐性ができたら、外科治療とイマチニブの継続治療が有効になる可能性があるとも仰っていた。また、五大癌の治療薬の開発は進んでいるが、希少癌の治療薬の開発が進んでいないことと、新薬認証面でも課題が多いことも述べられていた。

康昭は、以前この会のセミナーに参加して知り合った年配のGIST患者の方から、声を掛けられて挨拶をしていた。グリベックで治療を続けておられると康昭から聞かされたが、その数カ月後にお亡くなりになったと、後日教えて貰った。

康昭に対する治療は、「外科治療＋イマチニブによる継続治療」で進められており、お話にあったことがなされていると思った。何とか新薬の開発に間に合ってほしいものだ、と祈る思いであった。

その後も、大学病院の腫瘍内科の先生と、肝胆膵の先生の診察を定期的に受けた。腫瘍内科での主治医は、若い先生からベテランの先生に替わった。その先生は腫瘍内科でもベテランの先生であり、頼りにさせて頂きたいと思った。

同じような診察が２０１７年、２０１８年と繰り返され、その間康昭は、比較的元気に過ごしていた。仕事も本社勤務から京都営業所へ転勤となり、本人が最も希望していた営業職への復帰が実現した。およそ4年前に職場復帰は無理と言われ、営業職を続けたいという希望も失いかけていたが、願い続けてきた希望が叶った。康昭は、いわゆる水を得た魚のように、毎日元気に勤務をしていた。仕事では、福知山地区を担当していた時もあり、営業車で帰ってくるのが夜の9時頃になることもあった。当初、職場の人たちには自分の病状についてあまり詳しいことを打ち明けていなかったこともあり、職場の同僚の方たちとごく普通に付き合って貰え、後輩社員の人から相談を受けることもあったりと、毎日の勤務が本人にとって日々の生き甲斐につながっていたと思われる。本当に貴重な時間を過ごさせて頂いたと感謝したい。

休日や休暇の時は、親友の葛葉さんとよく食事に行ったり、買い物などへ行ったりもしていた。葛葉さんが結婚した後は、夫人にも同行して頂き、3人で遊ぶこともよくあった。

ある時は東京まで買い物旅行に一緒に行って頂いたが、買い物袋をいっぱい抱えて自宅に帰ってきた時、康昭が玄関で本当に嬉しそうな顔をしていたのが印象に残っている。

また、ふと思いついたかのように、一人で広島の原爆ドームを見に行ったりすることもあった。好きな映画やコンサートにもよく出掛けたし、美術館や博物館へ行くことも多くなった。沢山の美術館に行き、多くのアートに触れ、康昭の趣味の幅も広がった。美術館では、解説などを熱心に読み、造詣を深めていった。読書の量も以前より多くなり、幅広い知識と教養を身に付けていった。それら全てのことで何より彼が収穫したことは、彼自身の「人格形成」に大きな影響を受けたことだったと思う。

何事にも、また何時でも、会話の最後には必ず「ありがとう」の言葉を付け加えていたことでも窺える。何時も常に相手に対する〝敬意〟と〝感謝〟の気持ちを持ち続けていたからだ。

しかしながら、2018年の秋頃から左の首のあたり、つまりリンパ腺付近が少し腫れてきて、それが気になるようになってきた。冬場に向かい徐々にではあるが目立つようになってきた。

奇跡の職場復帰後に変わった
……康昭のインスタグラム

康昭は自分の体の様子について、あまり詳しく話さなかったので、その時はまだわからなかったが、後で考えてみると、この頃からいよいよ最期の日が近づいていることを、感じていたように思われる。今まで以上に何か〝達観〟したようなコメントを、インスタグラムに残すようになっていた。

そういえば、康昭は病に倒れ社会復帰はできないと言われていたにもかかわらず、奇跡ともいうべき職場復帰ができて以降、彼のインスタグラムの投稿内容はところどころに禅問答のような、或いは禅僧の言葉のようなコメントが書かれているものがいくつもあった。それは、よく行った禅寺の庭を見ての感想だけではなく、例えば展覧会やコンサートでもそうだ。好きな読書の感想、ふと見た街の景色や夕焼け空、植物の様子、自分が好きな筆記具や小物など、ごく身近なものにでも〝存在意義〟や〝生命力〟、それと対峙する〝死〟

について、彼が今向き合っている人生そのものに対する正直で率直なコメントとして読み取れる。

仕事の充実感を感じる時や、友人たちとの楽しい時間を過ごす時でも、また束の間の安らぎを感じる時でさえも、〝病〟に支配された人生を決して忘れることはできなかったのだ。

彼のインスタグラムを少し遡ってみることにしよう。

（ハンドルネーム：yasuaki_tara）

２０１６年８月に腸の腫瘍切除の手術後、京都の鷹峯にある源光庵を訪れた。円形の〝悟りの窓〟から柔らかな光が室内に入ってきていた。

「生かされていることに感謝。すべてに感謝。
もとから困難だから凹んだらいかん。」

と投稿している。

２０１７年６月には、あまりにも綺麗な夕陽に遭遇し、思わず車を止めた。

「見えない未来、掴めないミラーごしの昨日おととい。透明の空気は戻してはくれない。誰そ彼。汗ばむ風吹くだけ。」

とコメントし、また、同じ頃に別の夕陽を見ては、

「色は匂へど〜〜散りぬるを〜〜。織りなす斜陽に今日もありがとう。幸多き日々でありますようにっ。」

とも述べている。

また、２０１７年11月頃には、何回も訪れている光悦寺の庭で、杉苔に落ちる紅葉を手にして、

「落ちゆく明日。」

とコメントした。常に〝死〟を意識しながらの日々であったが、自分自身を励まし続けていた。

康昭は骸骨や髑髏《どくろ》のモチーフが好きだった。はじめは単に若者に人気があるのだろうと思っていたが、２０１７年12月９日の彼のインスタグラムを見てその理由がわかったような気がした。

それは、その数日前に買ってきたスニーカーに髑髏のデザインが施されていたので、よほど好きなんだと思ったが、インスタにはグリム童話の「死神の名付け親」という話が引用されていた。死神との約束を破って地位や富を手に入れた青年が、最後には死神にだまされて命を短くしてしまう話だ。その話の言わんとするところは、

「人間の力で運命を変えようとしても、全ての人間に対して平等である死神の下では、人間は自らの運命に逆らえない。」

ということだそうだ。康昭もきっと自らに課された運命に逆らえないことを悟り、骸骨や髑髏のモチーフがあしらわれたグッズを好んで使ったのだろう。そして彼はその運命を決して悲観することはなかった。

２０１８年７月には大山崎山荘美術館へ行った。そこの庭で盛りを過ぎた〝くちなしの花〟を見つけた。

「朽ちるもの。止められぬ流れ。諸行無常。fleeting。」

と運命に逆らえない生命の儚《はかな》さを感じている。また、台風で倒れた木を見ては、

「倒れるもの。倒れぬもの。」

とコメントし、鴨川の夜景を見ては、

「いつか瞼も目を覆う。」

と。更に、祇園の白川では、珍しくダイレクトに、

「やるせない。」

と吐露し、建物に蜘蛛が巣を張り獲物を狙う姿を見ては、

「薄暮の出来事。蜘蛛の巣。弱肉強食。宿命。
　のがれられない。」

また、モミジの紅葉を見て、

「今際《いまわ》の色づき。」

と、何気ない日常の景色にも常に〝死〟と直面している自分の〝宿命〟を見つめている様子がよく窺える。しかし、同時に残された人生を精いっぱい生き抜こうという気概を持ちながら、毎日を前向きに過ごしていた。

それは、子供好きの彼が愛した姪や甥と過ごした、2018年8月の夏季休暇での様子をインスタグラムに投稿しているところからもよく読み取れる。

8月12日から兄知康が家族を連れて京都に帰省した。久しぶりに会う姪や甥を連れて、

京都鉄道博物館などを案内して楽しい時間を過ごした。14日には、東京へ帰る知康家族を京都駅へ見送りに行った後、こう綴っている。

「たくさんの思い出をありがとう。
生きる喜び。この日々に感謝。」

その翌日の15日、終戦記念日にはふと思いついたかのように、広島の平和記念公園を訪れている。そこでは、あらためて「大切な命」と、「人間の尊厳」について述べている。

「8月6日午前8時15分。
人間が作り出した原子爆弾によって、奪われた命。
奪われた自由。人々が起こした戦争によって、
何が生まれた？　人間の尊厳とは？
殺人も戦争も未だになくならず。今なお世界に、14、955発の核弾頭があり、4、150発が実践配備されている。」

そして翌16日、夏季休暇の最終日には滋賀県の佐川美術館を訪れ、「田中一村展」を鑑

賞した。

「どこか哀しげな『アダンの海辺』に心奪われた。
ポスターを買い、さっそく額に入れてみた。
あぁ、夢のような日々やったぁ。」

もっともっといろいろな事をしてみたかった人生に対し、短い余命を察知している康昭のこれらの言葉、あらためて重く受け止めてみたいと思う。

2018年12月には、自らのレントゲン画像も使ってヴィジュアルを作製した。

「人生一度きり。〃きりがいい〃なんてありゃしない。ないこと泣かない嘆かない。〃ない〃なら〃ある〃ように動くまで。創造。鼓動。吐く息。感謝。言霊。吹く風。心向くまま。成るように成る。mylife。life。onlyliveonce。コラージュ。collage。アート。心のもちよう。人生一度きり。人生。onetime。」

と、彼の好きなラップの詩として載せ、懸命に生き抜こうという気概を感じさせている。

２０１９年２月３日には、草花を見てのコメントとして、珍しく滋賀県長浜の「盆梅展」を観に行ったものがある。

「造形美と匂いを満喫。樹齢２５０年の梅が二つあった。ひとりで生きるものと、添え木や吊り糸がなければ生きられないもの。どちらも生命力に溢れる花を咲かせていた。どちらも自然や人の手によって生けるもの。ただ、後者の姿に痛みを感じた。儚さのなかに美しさを知る。」

人の手を借りて２５０年生きる梅の老木、しかし咲かせた花の生命力に満ちた美しさに、自らの姿をダブらせ、またこれからの生き方を教えられたのだろう。

２０１９年３月には、桜の蕾を見て、

「いのちを感じる。」

とコメントし、花ごと落ちていた桜を見ては、

「花びらが散るだけじゃなく、花ごと落ちることもあるんや！ なんか気の毒。『散る散るさくら。しくしく涙。無常のからだ。無情の風が離し離した。さまよう明日。さまよう明日。』諸行無常。」

とラップ交じりのコメントをしている。徐々に体の中で大きくなる腫瘍を感じながら、儚さや虚しさ、またそれを乗り越えようとする気概が、心の中で容赦なく巡りくる状態であったのだろう。

康昭との残された時間で、できる限り多くの思い出を残そうと思い、いろいろなところへ出掛けた。しかし、これらのインスタグラムを改めて見てみると、康昭は常に〝やるせない気持ち〟でいっぱいだったことが想像に余りある。しかし、彼はそれを〝宿命〟として肯定し、常に前向きに〝誠実に〟〝懸命に〟生き抜いたのだ。まさに悟りの境地とでも言うべきか。

また、何を思ったか２０１８年の暮れに、「お正月に東京へ行って、ちょっと遊んでくる。

ついでに知康に会う」と言い出していた。元日は、親友の葛葉さんと京極の〝かねよ〟の鰻を堪能したいらしく、2日に東京へ行くことになっていた。歌舞伎座などまだ行ったことがないところへ行って、知康と楽しい時間を過ごしたようであったが、実のところ主目的は、自分が他界した後、京都の実家のことを託す約束を、知康に再確認することだった。後にそのことがわかった時、彼が抱えていた重荷を知らされたようで、親としては申し訳ない気持ちでいっぱいになった。自分自身は親から言われて、実家の継承のことを自覚したが、康昭もそういうふうに自覚してくれていたのが嬉しかった。しかし、彼が想像もしなかった病気になり、それが叶わなくなった無念な気持ちを思うと、彼のことがたまらなく不憫になった。

彼は兄知康との別れ際に、お互い固く抱き合ったが、その際涙を堪えるのに精いっぱいだったと、後に母親に漏らしていた。

その後、年明けからも大学病院への通院は繰り返された。肝臓手術後には、薬もイマチニブ（グリベック）という最初の薬に戻っていたが、やはり遂には3つ目のスチバーガでないと効かなくなっており、また次の手がない状況に陥っていた。

この頃の康昭の心境も、彼のインスタグラムで感じ取れる。例えば、1月19日のインスタグラム「コーヒーと読書」の中では、山本周五郎の遺作長編小説『ながい坂』を読了し、人生で一番好きな本に巡り合えたことを喜んでいる。そして、山本周五郎の文中の次の言葉を引用している。

「人間はどこまでも人間であり、弱さや欠点をもたない者はいない。ただ自分に与えられた職に責任を感じ、その職能をはたすために努力するかしないか、というところに差ができてくるだけだ。」（新潮文庫下巻５０７ページ）

その後に、彼はこう言っている。

「どこまで行けるかわからない。だが、僕も懸命に、懸命に、この坂を登り続けよう。」

約5年前に、奈落の底へ突き落とされたが、そこから自らの〝使命〟を強く感じ、懸命に這い上がって来た彼が、更に諦めずに険しい坂を登り続ける決意をしていたのだ。それは、つらい険しい坂道である。

「もういいよ、お休み、ご苦労様」

そう言って、今までの闘いをいたわってやることが親なのかもしれないが、私たちにはそうはできなかった。そう言ってやることは、即ち愛する息子を失うことになるからだ。まだ諦めない、彼と共に闘い続けよう、と私たちは決心していた。彼の心の奥を推測することもせずに……。

セカンドオピニオン再び
……………ここまで這い上がってくることができた

またセカンドオピニオンのことを考えた。今回はまず、腫瘍内科の主治医に相談することにした。つまり、再度築地の病院の先生に助言を受けたいと相談しようと思ったのだった。前回と異なり、ベテランの先生に相談するには少し躊躇をしたが、思い切って話を切り出した。すると先生の方からも、学会などでその先生と康昭のことを話したことがあり、このタイミングで再度相談したいと思っていた、とのことであった。なにかお墨付きを貰ったような気がして、さっそく築地の病院へ手紙で連絡を取ることにした。

先生からは受診を快諾して頂き、２０１９年４月11日（木）、午後２時から診察するとの快い回答を頂いた。

当日、東京の築地にある病院へ、午後1時に受付を済ませられるように行った。在京の兄知康も駆けつけてくれた。相変わらず沢山の外来患者さんが、ロビーや採血室で自分の順番を待っていたので、我々は待っている場所を見つけるのにも苦労するような状況だった。なんと癌と闘っている人が多いことか！　しかも、まだ幼い子供の姿が、思ったよりも多く目につくことに驚いた。

あの先生に久しぶりにお会いした。この時、康昭の左首にはこぶのようなものが目立つようになっていた。それをすかさず見つけられた先生は、触診されGISTだと仰った。何故このようなところにGISTが転移するのか不思議だと仰ったが、稀にそういう患者もいると付け加えられた。

治験の話を持ち出したところ、いくつか新しい薬が治験薬として来ているので、その中で康昭に使用可能な薬があるかどうか検討してみようということになった。

恐らく康昭の心の中は、新たな治験薬に対する不安も多かったと思うが、「これしか方法はない」との決意で自らに言い聞かせていたと思う。

帰りに先生にご挨拶する際、康昭が次のようにハッキリとした口調で言った。

「先生、本当にありがとうございます。今ここにこうしていられるのは先生のお陰です」

先生は少し照れ臭そうにしておられた。

この時は、康昭のこの挨拶の真意がわからなかったが、後に彼の闘病生活を振り返った正直な気持ちを聞いた時、理解できた。つまり、２０１３年に〝職場復帰は無理〟と宣告を受けた時から、築地の先生をはじめとする多くの先生に巡り合えて、ここまで這い上がってくることができた。その本当の感謝の気持ちだったのだ。後に彼は自分のことを、

「本当にラッキーだった」

という表現で振り返っている。

この後、康昭もそうだったと思うが、私たちの心の中はまだまだ閉塞感でいっぱいだった。しかし、次へ進む道が決まったので、しばし家族で楽しい時間を過ごすべく、まずは築地を出て銀座へ向かった。ティータイムの場所は、康昭もお気に入りの資生堂パーラーだった。

２０１９年4月25日（木）、午後1時から築地の病院へ診察を受けに行く。担当医は、院長先生が信頼されている若い先生であった。その先生は、今までの診察データからフェーズI（第1相試験）の治験薬が一つ候補に挙がっているが、それで治験を行う意思があるかどうか、患者側の意思を確認したいと仰った。

フェーズⅠとは初めて人に応用される新薬のことであるが、今回のこの薬はアメリカで開発された薬で、アメリカではすでにフェーズⅠは通過しているとのことだった。私たちとしては、〝藁《わら》にも縋《すが》る思い〟であり、参加を希望し手続きを進めて頂くことにした。

実際に治験に入るまでには、もう少し精密検査をしてから実行に移すことになる。フェーズⅠということは、まだその安全性などの面で不安定な状況のものであり、投薬する患者の健康状態や副作用に対する対応力があるかなど、しっかり検査しておく必要があるのだそうだ。5月の連休が明けてから、本格的に検査を実施することになった。

全ての瞬間を誠実に向き合う大切さ
…………〝曜変天目茶碗《ようへんてんもくちゃわん》〟が好きな理由

5月のゴールデンウィークは、康昭にとって楽しみがあった。かねてから興味のあった3つの〝曜変天目茶碗〟の展覧会が同時開催されるからだった。奈良国立博物館、滋賀県にあるミホミュージアム、それと東京の静嘉堂文庫《せいかどうぶんこ》美術館（三菱財閥を作った岩崎家が所有していた美術品を持つ）の3カ所で同時開催されるのだった。

2019年4月29日（月）、昭和の日の祝日、奈良国立博物館へ藤田美術館所蔵の〝曜変天目茶碗〟を康昭と見に行った。朝一番で出掛け、開館前から行列に並んでいたので、待つこと1時間程度で鑑賞することができた。

2019年5月1日（水）、ミホミュージアムへ龍光院所蔵の〝曜変天目茶碗〟を見に行く。この時は康昭、晶子と私の3人で行った。あいにく天気は雨模様であったが、シャクナゲの花が綺麗に咲いていた。外国人観光客も多く来ており、目的の茶碗は長蛇の列に並ばねば見ることができなかった。康昭もやや体調が芳しくなく、疲労が隠せなかった。

2019年5月3日（金）、憲法記念日の祝日、静嘉堂文庫美術館所蔵の〝曜変天目茶碗〟を見に行った。康昭が一番見たかったのがこの静嘉堂文庫の茶碗だったが、やはり東京まで行くことに躊躇していた。その様子を見た晶子が、

「思い切って東京まで見に行こう！」

そう後押ししたことで、康昭、晶子と私の3人は新幹線に乗り込み、東京までの小旅行に踏み切った。せっかくなので、在京の知康と連絡を取り、現地で合流することにした。

できる限り家族4人の思い出を、多く作っておきたかったのだった。

静嘉堂文庫美術館は、二子玉川のやや不便なところにあるせいか、着いてみたら行列もなく、すぐに見ることができた。しかも間近で、かつ時間制限なしで見られた。そのうえ3つの中で最も美しい〝曜変天目茶碗〟であったので、康昭も大満足であった。さすが三菱グループを創業した岩崎家の所蔵コレクションだけあって、国宝の名に恥じぬ名器であった。康昭は何度も繰り返し展示物のところへ行って、作品に見入っていた。


ところで、康昭は何故これほど〝曜変天目茶碗〟が好きになったのか、岩崎コレクションを見た後のインスタグラムでこう述べている。


「一期一会。命はひとつ。一足先は誰も保証されない。先日の藤田美術館展に続き、大徳寺龍光院展を経て、静嘉堂文庫美術館の曜変天目茶碗（稲葉天目）に会いに行った。私が曜変天目茶碗を好きになるきっかけとなった茶碗だけに、喜びもひとしお。

曜変天目は、偶然が重なってできた稀有な茶碗。しかし、ただ偶然できたものではなく、幾度となく探求され、失敗が繰り返されたうえでの偶然。そこには、職人が茶碗に対して真摯に向き合う姿が見えてくる。

一期一会。病と戦う患者。突然の事故に遭う被害者。テロップから流れる。悲惨なニュース。あらためて気づかされた。全ての瞬間を誠実に向き合う大切さを。遊びも仕事も懸命にできる価値を。懸命にしなければいけない意味を。」

康昭が今置かれている自分の環境に対し、真摯に向き合い、かつ真剣に取り組みながら、一生懸命毎日を生きていることが、ひしひしと伝わってきた。この毎日の積み重ねによって、自分の人生は短かったけれど「濃密な人生」であったと、後に語ってくれたことがあった。

鑑賞を終えた後、久しぶりに家族4人で昼食を取ることにした。東急田園都市線から地下鉄半蔵門線を乗り継いで青山へ出た。みんなの好きな〝ピッツア〟を食べ、その後少しショッピングをすることにした。康昭はショッピングで「自分のものは何もいらない」と言っていたが、康昭が好みそうなメンズショップを知っていたので、〝ウインドウショッピング〟でもしようと誘った。イタリア製の落ち着いた色合いのアロハシャツがあったので、それを買ってやった。よく似合っていた。本人も気に入ったらしく、その後の外出時によく着てくれていた。

3時のティータイムに、〝ヨックモック本店〟のカフェテリアでお茶とお菓子を堪能した。

康昭は持ち前のひょうきんな仕草を見せたりして、我々を和ませてくれた。静嘉堂文庫美術館まで行って本当に良かった。今となっては、この東京への日帰り小旅行は、とても印象に残る思い出となっている。

新薬の治験に参加
…………ひどい副作用に苦しむ

ゴールデンウィークが終わるや否や、5月8日（水）から築地の病院において、再び精密検査が行われた。5月13日の会議で、治験を行うかどうかを決定するとのことであった。その後も京都の大学病院の先生たちの診察を受けに行っていたが、築地の病院から連絡があり、治験に参加させて頂くこととなった。

5月28日（火）に再度治験担当の先生のもとへ、診察とCT検査を受けに行く。担当看護師からいろいろな説明も聞いたが、まったく新しい治験薬であり、マニュアル本のようなものを見ながらの説明であった。

２０１９年６月５日（水）、午前11時30分から築地の病院へ行き、採血⬇眼科検査⬇CT⬇診察のスケジュールをこなした。

午後２時30分からCTの結果を聞くことになっていたが、担当の先生が学会で不在のため、別の先生から結果を聞いて帰った。問題はなかったようだった。

２０１９年６月７日（金）、午前10時から築地の病院へ行って、入院手続きをした。６月５日の最終検査で問題なかったので、入院となったのだった。病室は11階Aにあった。このフロアには他にも治験参加の患者さんがいたようだった。他の日に、エレベーターで乗り合わせた中年夫婦の会話が聞こえてきたことがあった。エレベーター内で、点灯している11階のランプを見て、「あっ、11階。あの時はどうなるかと思ったけど、治って良かったね」と夫人が夫に話しかけていた。その会話は、とても清々しい夫婦の会話であったが、その時の私たちには羨ましくもあり、やるせない響きでもあった。康昭ともこういう会話ができる日が来るだろうか……。まだまだ私たちの心は閉塞感でいっぱいだった。

２０１９年６月10日（月）から治験薬の投与が開始される。アメリカ製の治療薬であり、アメリカ人の体格に合わせてあるのか、何とも大きなカプセルだった。やはり、日本人の体格に合わせてか、飲む薬の量は３分の２に調整されていた。

新薬の治験に参加
…………ひどい副作用に苦しむ

２０１９年６月15日、16日の土曜日と日曜日を利用して、私たちは築地のホテルに泊まり、康昭を見舞った。

今回の治験薬は康昭にとって副作用がひどかったようで、できる限り見舞ってやることにした。22日（土）は日帰りで見舞ったが、康昭の気持ちとしてはやはり私たちに泊まってほしかったようだった。それもあって、29日、30日の土曜日と日曜日は、ホテルに泊まり見舞ってやった。

築地での入院生活は、治験の不安と不慣れな地での入院生活で、心細いことが多かったと思われる。しかし、6月5日のインスタ〝roof〟を見た会社の同僚が、励ましてくれていたことに加えて、その不慣れな地東京にも、康昭を勇気づけてくれる友人が生活していた。東京の風景を写したインスタ、6月16日の〝rehab〟を見た友人は、中学・高校時代の同窓生だが、インスタでのコメントの後、ラインで連絡を取り合い、康昭の事情を知って、後日コミック本を持ってお見舞いに駆けつけてくれた。

康昭の友達を大切にする心が、逆に今回は康昭を励まし勇気づけてくれることになった。これも康昭なりの〝一期一会〟なのだろう。

また、ある時にはこんな病室内でのエピソードを話してくれた。つまり、同室で治療をしておられる年配の患者さんから、燻製にした漬物を毎日のように頂くのだそうだが、持って来て下さる時の様子を細かく描写して説明してくれた。味はとてもおいしいものだったと、康昭は面白おかしく語ってくれた。しかし相部屋の方々は、皆さんそれぞれに大変な思いをしながら治療をされているのに、若い康昭を気遣っていろいろと話しかけて下さるとのこと。これに対し、彼は皆さんの優しい気持ちに対し、本当に感謝していた。

それにしても、今回の治験薬の副作用は、本人にとってかなり過酷なものであったようだ。

その後、やはり副作用が強過ぎるのと、康昭の体にその治験薬が適合しないようなので、一旦、服用を中止することが決まり、7月3日（水）に退院した。

康昭の体に対する治験薬のダメージと、この間スチバーガ薬の服用を中断していたことによる影響が心配された。しかし、できることを可能な限り実行していく方針で臨んでいたので、仕方がないことだった。7月25日と8月5日にも、退院後の診察のため築地の病院へ行った。7月25日には、少し元気のない康昭を誘い、半蔵門のイタリアンレストラン〝エリオ〟へ連れて行った。食事の後、康昭の希望で、青山にある〝太田記念美術館〟へ行った。康昭は浮世絵の表現方法などにも非常に関心があったようで、興味深く鑑賞していた。帰り際に、美術館の玄関で記念撮影をしていたら、見知らぬ中年男性からこの美術館のことを聞かれた。康昭は持ち前の親切心で説明し、その中年男性も喜んでいた。そういうこともあってか、満足した康昭と青山を後にして、新幹線で京都へ帰る時には、康昭の元気も戻っていた。

新薬の治験に参加
…………ひどい副作用に苦しむ

２０１９年８月20日（火）、上京し築地の病院へ行く。大事な日なので一緒に行ってほしいと、康昭から前日に連絡が入っていたので私たちも同行した。治験を中断した後の検査の結果、治験中止が正式に告げられた。遺伝子レベルの不適合のようで、やむを得ないことだった。その他の治験薬で実施再開の可能性をお聞きしたが、検討して頂ける治験薬はなかった。今回も治験のチャンスが少ないことに、残念な気持ちでいっぱいとなった。

後でわかったのだが、この治験に康昭は最後の望みを掛けていたのだった。康昭はこの治験の正式中止の結論が出た後、職場の上司に結果報告をしたが、その時〝目に涙していた〟らしい。康昭が亡くなってから後、職場へご挨拶に行った時、上司の方から、「あいつの涙を見たのは初めてでした」と教えて貰った。

治験中止の結論を聞いた時に、彼の残念そうな表情は窺えたが、その無念の度合いがわからなかったことに、その話を聞いた時親として恥ずかしい気持ちになった。

担当医は同じ筆記具フェチ

……………放射線照射治療にチャレンジ

その間も、京都の大学病院での定期的な診察を受けていたが、治験中止が正式に決まったことでもあり、首のこぶ状に腫れたGISTの治療について、主治医の先生に相談してみることにした。

8月22日（木）に定期的な診察に行った時、先生に放射線による治療を私たちの方から提案してみた。放射線利用について何の根拠もなかったが、素人が考えられる方法として、癌治療に使用される〝放射線〟を持ち出したのだ。

当初、先生は、

「GISTには放射線は効かないからなぁ……」

と躊躇されていたが、すぐに目の前で放射線治療の担当医である同じフロアーの先生に電話し相談して下さった。その先生は、康昭と年齢が同じくらいに見える若い先生だった。

担当医は同じ筆記具フェチ
…………放射線照射治療にチャレンジ

ひょっとすると同年代の患者ということで、この医師のチャレンジ意欲を主治医の先生が駆り立てて下さったのかもしれなかった。

その場でこの先生もチャレンジしてみようと合意頂き、実施を前提とした検査を行うことになった。つまり、首に転移しているGISTの対処方法として、グリベック＋放射線による首の腫瘍の治療方針が決定されたのだった。

その先生から治療方針の説明を受ける時、先生は診察時に使う専用用紙に図解を交えて説明して下さった。その時使っておられたボールペンが、康昭も持っているお気に入りのものと同じであり、文房具フェチの康昭の視線は透かさずそこに奪われていた。更にその康昭の様子を、母親の晶子はタイミングよく観察していた。後で、それらの情景が我々親子3人の間で話題となり、和やかなひと時を過ごすことができた。

後で康昭から聞いた話だが、先生は康昭とボールペンや万年筆などの筆記具に関する趣味が似ていたようだ。康昭が一人で診察に伺った時に、先生の机の上に、康昭のお気に入りの筆記具と同じものが置いてあった、と嬉しそうに話していた。ひょっとすると、文房具の話題で話が弾んだのかもしれない、と私たちは微笑ましくその話を聞いたものだった。

何時からそうなったかはわからないが、康昭は本当に文房具が好きだった。特に万年筆やボールペンなどについては、〝筆記具フェチ〟と言っていいほど好きだった。

8月23日（金）に事前検査が行われ、27日（火）から放射線科の先生により治療が開始された。

この時も、康昭は元気でひょうきんな姿を見せることがあった。つまり、放射線の照射位置がずれないように、胸部に筆記用マジックのようなもので線が引かれていたが、病院から帰ってきた康昭は上半身裸になってそれを見せ、ポーズをとっておどけて見せて我々を笑わせたものだった。あのひょうきんなそぶりを見せて笑っていた姿が懐かしい……。

途中、体調不良があり、9月9日（月）に康昭は一人で大学病院へ行き、急遽入院することもあった。しかし、当初喉が焼けるなどの、放射線照射の影響が出るかもしれないと言われていたが、そのようなこともなく、放射線の照射治療は約1カ月後の9月25日（水）で終わった。私たちの目には成功したように見えた。つまり、大きく腫れあがったように見えていたこぶ状のものが、小さくなってあまり気にならない程度になったからだ。

ＧＩＳＴは放射線では治療できないと言われたが、思い切って相談してみて良かった。これならもっと初期の段階で、放射線治療を試みて貰えば良かったかもしれない……と、親の立場で想像してしまった。

ホスピスに入る話も出てきた ……………〝勤続10周年〟へのこだわりと家族旅行

9月に入ってから、月に2回のペースで主治医の先生の診察を受けに行った。この頃から徐々にではあるが、康昭の体力の低下が目立ってきた。会社に持って行くカバンを手で持つのが大儀になってきたのだ。確かに営業職でパソコンなど重いものが入っていたが、今までは難なく持っていたのに、肩から掛けるようにしないと駄目になってきたのだ。

それからしばらくして、やはり外訪活動をするのが厳しくなってしまったので、営業所での内勤に変更して頂くようになった。体の様子も、この頃からだんだん痩せてきたのが目立つ反面、腹水が溜まるようになり、診察に行った時に腹水を抜いて貰う処置をするようになってきていた。

自分で車を運転して通勤していたのも無理になってきて、10月が終わる頃にはバス通勤を試みた。しかし、揺れが多いバス通勤は乗っているだけでもつらいので、朝夕に私が車で送り迎えをしてやり、本人が希望するように勤務を続けた。もはや会社を辞めるべきではないかと忠告したが、勤務を続けたい本人の意思は固かった。それは、本人も体力の限界に来ていることを気づいてはいたものの、何とか勤続10年を迎える4月まで勤務を続けたいからだった。私たちも本人のその〝気概〟が何とか〝生命の維持〟に役立つのではないかと思い、会社の方へも無理をお願いし、勤務を続けさせて頂いた。

そのような状況になってきたので、康昭を子供の頃のように、旅行へ連れて行ってやりたくなった。ただし、もはやあまり遠出はできないので、〝知多半島〟へ連れて行くことにした。知多半島を選んだのは、太平洋の雄大な海を見せて、気分転換をさせてやりたかったからだ。また、私たちが結婚後、新婚旅行以外で初めて旅行した場所でもあり、懐かしい場所でもあった。

東京から知康も呼び、名古屋で合流して〝名鉄〟に乗って宿へ向かった。伊勢海老など海の幸を堪能し、ホテル自慢の温泉で疲れを癒やした。我々の部屋の窓外には雄大な太平洋の海が広がり、潮騒だけが聞こえ、ゆっくりとした時間が流れていた。康昭は窓際の椅子に腰かけ、我々と会話をするでもなく、何かを考えながら海の遠くをじっと眺めていた。

翌日はノリタケミュージアムへ行き、オールド・ノリタケのコレクションを鑑賞した。記念にノリタケのマグカップを、双子の兄の知康とお揃いで買ってやった。二人とも、それぞれ家に帰ってから毎日使ってくれていた。

康昭は何時も自分の体調のことより、我々との思い出作りを優先させてくれていた。それは康昭がいつも〝家族〟というものを大切にする気持ちがそうさせていたのだと思う。

ややや疲れ気味の康昭の体調が気がかりだったが、この旅行も貴重な思い出となった。


11月の中旬頃から、大学病院の診察は、康昭を営業所まで車で迎えに行き、そこでピックアップして行くようになった。その日は、午後から仕事を休むことを会社に了解して貰っていた。康昭は会社から温かく見守って頂いていた。

毎日、夕方に会社まで迎えに行くと、車に乗り込んだとたん、「ああ、疲れた……」とシートのリクライニングを倒し、その後は家に着くまで黙って座っているようになった。

何度も仕事を辞めるように言ったが、

「何とか勤続10年を達成したい。それが来年の3月末で達成できるので、そこまでは勤めを辞めたくない」

と繰り返し言うので、せめてその希望を叶えてやろうと、毎日の送迎を継続した。〝勤続10周年〟の目標、即ちそれが〝気概〟になり、寿命も延びるのではないかと思ったのだ。

徐々に、お昼休みに外出することもつらくなってきていた。お昼ご飯は近くのレストランへ出掛けていたが億劫になってきた。それならばと、母親の晶子が弁当を作ると言ったが、自分でも食べられる量に自信がなく、弁当は断っていた。代わりに、朝の通勤途中にお気に入りのパン屋さんへ寄ってから出社するのが日課となった。幸い車で送るのだから、康昭のリクエストに応えられ、その店のお気に入りパンなどの話が聞けた。ちょっとした康昭とのエピソードになった。

２０１９年12月12日（木）、この日も康昭を会社でピックアップし、午後1時の予約に間に合うように病院へ向かった。

康昭が腹水を抜いて貰っている間に、主治医の先生から私たちに話があった。康昭の体は限界にきており、今後の療養の仕方について、ホスピスを利用する話が出た。そこは先生が関与されている病院ということだったが、なんと奇遇なことに、そこは康昭と知康が早産であったために、緊急搬送された病院であった。早産の新生児を保育器で育てる設備が、京都ではこの病院が優れていたためだった。ホスピス、つまりは康昭が終焉を迎える場所になるのだが、奇遇なことに生まれた時と同じ病院で終焉を迎えるとは、良いことなのかどうか、私たちにはわからなかった。

新生児の時に入院した時は、なるほどカトリック系の病院を感じさせる、若いナースの皆さんが優しさに満ちた方ばかりだった。康昭は母体から出てくるのに30分ほどかかったせいか、頭がやや長細くなっており、火星人をイメージさせたのか、ナースの皆からは「火星ちゃん」というあだ名を付けて貰っていたことは前に述べたが、晶子と授乳に行った時も、施設は和やかな雰囲気がして心地よかった。先生から話を聞く限りでは、終焉を迎える患者にとって、癒やされる場所のようであったので、その選択肢で良いと思った。

この話は、以前康昭が一人で診察に来ていた時にも、先生から話があり、その奇遇さゆえに本人とも肯定的な話となっていたようだった。

私たちは最期までできる限り自宅で面倒を見てやりたい希望を告げたが、現実問題としては、何時かのタイミングで、ホスピス利用を覚悟しなければならないとも感じていた。

この後も、康昭は懸命に仕事を続け、私たちはそれを助けるべく朝夕の送迎を繰り返した。

さすがに12月の日没は早い。毎日の送り迎えをする時は、極力道路状態が良く振動が体に伝わりにくい道を選んでいた。会社から帰る時は北大路通を通り、烏丸《からすま》通で南下する。特に12月の烏丸通は、同志社のキャンパスまで来ると、巨大なクリスマスツリーのイルミネーションが見えて美しい。

「ほら、康昭、同志社のクリスマスツリーや。綺麗やで」

「ほんまや、綺麗やなぁ……」

リクライニングシートを倒してぐったりとしている康昭に声を掛けると、目を開いて車窓の外に流れるクリスマスツリーのイルミネーションを見てくれた。しかし、微かに微笑んで応える康昭の表情は硬く、その姿が不憫でならなかった。

この年の最後の診察は12月26日（木）で終わった。この日も康昭を会社でピックアップし、午後1時30分からの診察と腹水抜きの処置を受けに行った。年の暮れも近くなり、康昭の会社も今週末で仕事納めとなる。今年1年も何とか過ごせたことを感謝し、来年も新薬が見つかるまで頑張ろうと心に誓った。

12月28日（土）、午後から家族3人で外出して食事をすることにした。康昭は少し体調が悪いのか、やや機嫌が悪かった。北山通にある蕎麦屋へ行ったが、些細なことで3人の間で少し口喧嘩をしてしまった。蕎麦屋では〝ホスピス〟の話も出たので、今から思うと、康昭はホスピスへ入ることとの必然性を理解するものの、どのような場所なのか不安でいっぱいだったのだと思う。そろそろ終焉が近いと自覚していたのだろう。その時の口喧嘩は、今となっては後悔される。

食事の後、康昭は街中に用事があると言ったので、車で送った。その後別行動をとって夕方にまた会うことにした。康昭の方は、夕方に問屋の方や薬局の薬剤師さんなどと〝スターウォーズ〟の映画を観に行く予定で、阪急桂駅のショッピングモールまで送ってほしいと言った。もちろん送り迎えをしてやるつもりで、夕方の再会を約束して街中で別れた。今日はお気に入りの、毛皮が付いた〝フライト・キャップ〟を被ってはいたが、康昭の体調のことも考えて、「今日は寒いから夕方の映画はやめたら……」と言いたい気持ちになった。しかし、人との付き合いを大切にしてきた康昭の考えもあるのだろうと、そうは言い出せなかった。

映画の終わる頃を見計らい、桂駅のショッピングモールまで迎えに行った。ご一緒した皆さんが車まで見送りに来て下さったが、康昭の方は疲れた顔をしていたものの、持ち前のサービス精神で笑顔を振りまいて皆さんとの〝賑やかな別れの挨拶〟を済ませていた。帰り路、東寺の横を通って帰った。〝五重塔〟が綺麗にライトアップされており、その様子を見て先人の技術の高さに感激しながら家に帰った。

家に帰ったとたん、珍しく何かお菓子が食べたいと晶子にせがんでいた。夕食を食べたのかと聞いたら、「〝ホットドッグ〟を1個食べた」と言うので安心してしまった。普段から小食な康昭だから、まあそれでも良いかと思い、寝る前でもあったのでフルーツとヨーグルト、クッキーを少し食べたから、安心してしまったのだ。しかしこれが翌日の大きな後悔につながってしまう。もっとしっかり食事をさせれば良かった。この時のことが、今でも本当に悔やまれてならない。

そろそろ楽にしてあげたら……………医師の口からショックな言葉

翌日の12月29日（日）の朝、康昭の様子がおかしい。いつもの起きる時間に声を掛けても返事をしない。何度も大きな声で起こしても、一向に起きてこない。腹水が溜まるようになってから、タンパク質と鉄分の摂取には注意をしていたが、血糖値も気になったのでブドウ糖を飲ませようとしたが、まったく意識が戻らないので自力で飲むことができなかった。大学病院の緊急窓口に連絡したが、とにかく連れてくるようにと言われた。何とか抱きかかえて車に乗せて行こうと思ったのだが、座らせることも、抱きかかえることも不可能だったので、救急車を呼び病院へ向かった。

病院はもう正月休暇の態勢に入っており、緊急窓口の医師や看護師の方だけしかいなかった。しかし、偶然にも腫瘍内科の先生が当番で出勤しておられ、康昭の対応に当たって下さった。数時間が経過してその医師から説明があった。

血糖値が20まで落ちており、低血糖のため意識不明になったのであった。その時医師からは、

「ひょっとすると意識が戻らないかもしれない。自分は腫瘍内科の医師であり、この患者のことはよく会議などで聞いていて知っている。データを見ていると、もはや限界にきている。そろそろ楽にしてあげたら良いと思います」と説明を受けた。

康昭の病状が限界にきていることは予想していたが、こうもあからさまに「そろそろ楽にしてあげたら……」と言われると、康昭の命綱を私たち両親が握っていると言われたようで、ショックが大きかった。

点滴と輸血400ccをして頂き、その効果でようやく意識が戻りつつある段階になり、救急治療室から〝重篤病室〟へ移った。入院手続きをすると言われたので、我々もその病室へ移動した。

〝やっと意識が戻った〟と思わせてくれるように、康昭が話し始めた。それはうわごとのように、手にはめられた「ミトンを外してほしい」と、繰り返す内容だった。つまり、無意識の状態で、手や体を頻繁に動かしていたので、点滴を外してしまわないように、手にミトンがはめられていたのだ。そのミトンを持って「外して、外して」と、目を開けて

言っていたので、意識が戻ったと思ったが、後で聞くとその時のことはまったく記憶に残っていなかった。

このうわごとを言うような状態が2日間続き、ようやく3日目の12月31日、大晦日に目が覚めたが、何かボーッとした表情だった。この日の夕食は〝年越しそば〟のメニューらしく、〝天麩羅とそば〟つまり〝天ざる〟が出た。私と晶子は、康昭が意識のない時「ミトンを外して！」と言っていたことを教えてやったが、記憶になかった。「今日の〝年越しそば〟には好物のエビの天麩羅が付いてるね！」などの冗談話をしてやったが、そのことも、もう少し後には記憶に残っていないことがわかった。

年が明けて、1月1日になると康昭の表情が少ししっかりとしてきた。私たちは以前からしていたように、毎日のライン交信の他に、インスタグラムで康昭にエールを送り続けた。

2020年1月9日（木）、4人部屋202号室へ移ることができるくらいに回復し、1月14日（火）に退院することができた。ただし、この退院から自宅療養が必要となり、病院で診察と腹水抜きの処置をして貰う時しか外出はできなくなった。もちろん通勤は断念した。

「退院したら何がしたい?」との母親の問いかけに対して、「仕事がしたい」と言っていた康昭にとって、大きなショックであったと思う。体の状態が良くなったら、〝また会社へ行こう〟と思っていたのだから。

退院後の状況がどうなるか、だいたい予想されていたので、自宅をより康昭が使いやすいように、祝日を利用して大掃除をし、不要物を廃棄し、部屋のレイアウトなどを変更した。また、康昭のために〝電動ベッド〟も購入して、自宅での受け入れ態勢を整えた。

退院後、大学病院への通院は毎週1回、木曜日に行くペースになった。週1回腹水を抜く処置が必要となっていたからだ。もはや通勤は無理であり、事情を勤務先である京都営業所の所長さんへ、ご挨拶方々説明に行った。担当医師からは、「今年は桜が見られないかもしれません」と言われている状況を説明した。しかし、「まぁ、ゆっくりさせてあげて下さい。出社できるようになったら出社すればいいので、本人には気にしないように言っておいて下さい」と非常に柔軟な対応をして頂いた。本人の夢〝勤続10年〟の望みはまだ残せる。本当に有り難い。懐の深い会社だとあらためて感謝の気持ちでいっぱいになった。

毎週大学病院へ行くと、外来棟2階で採血➡腫瘍内科病棟1階処置室で腹水抜き➡軽く昼食➡主治医の先生の診察、という1日がかりのルーティーンが繰り返された。

ある日、採血の順番が来たので担当看護師さんのところへ行くと、康昭の名前を見て「私は〇〇病院でも働いているのですが、そこで貴方のことを聞いて知っています。大変な病気だそうですが、お加減は如何ですか?」という内容の会話が康昭と始まった。康昭はその看護師さんに会うのは初めてだったが、〇〇病院はよく営業で回っていたところなので、当時のことが蘇った。

「ありがとうございます。頑張ってます」

と康昭は涙声で返事をした。

「皆さん、僕のことを覚えていてくれて心配してくれている。有り難いことやなぁ……」

と言いながら、次の場所へ移動する間、康昭は涙ぐんでいた。彼が一生懸命に働いていたことが、報われた瞬間でもあった。

病院ではある程度の待ち時間を覚悟しなければならないが、次の処置室では、ベテランの看護師さんが何時も気遣って下さった。処置室のベッドを空けておいて下さり、診察までの時間を利用して腹水抜きを効率よく行えるようにして下さった。康昭にとっては腹水が抜けることと、診察を待っている間ベッドに横たわっていられることが有り難かった。

そろそろ楽にしてあげたら…………医師の口からショックな言葉

2020年1月29日（水）、診察と処置に大学病院へ行った際、主治医の先生から私たちに話があった。今後ホスピスへの入院を考えた場合、直接入院を申し込むよりも、一旦在宅診療を受けておき、そこの推薦を貰った方が入りやすい。ホスピスの病院とつながりがある開業医を紹介するので、一度往診を受けておくようにと勧められた。

先生のご指示に従い、その医師の往診を受けるために何度も連絡を取ったが、一向に返答なく今後の展開に不安を覚えた。ようやく連絡が取れて往診に来て頂いたが、何故か信頼感が湧かなかった。

1月から大学病院の診察と処置は、週に1度のペースになっていたが、血糖値の管理面でご指導を頂ける先生にも診察をして頂くことになった。年末に倒れてからは、血糖値の測定をこまめに行うようにし、測定器も〝電子センサー〟タイプの器具を購入した。センサー発信機がシールのようになっていて、2週間腕に貼りっぱなしで良いのだが、康昭の腕があまりにも細く痩せてしまっていて、それを貼る作業を見ているのも痛々しくつらかった。

康昭の体力は日に日に落ちていくのがわかった。体の筋肉も落ちてきて、肩や胸の骨ばった姿を見るのがつらかった。体全体が骨ばってきたが、膝から下の部分は、大きく腫れあがるようになり、時々マッサージをしてやらなくてはならないような状態だった。マッサージをしてやると、その時の康昭は本当に気持ちよさそうにしていた。毎日の入浴も一人では無理で、一緒に入って体を洗ってやった。肩のあたりはまったく筋肉がなくなり、お尻も老人のように萎んでしまい、肋骨や肩甲骨が浮き出て見えた。体を洗ってやる時に涙が出る思いであった。また、風呂から出る時には、肩で大きく息をしている姿も気になるようになってきた。

風呂上がりには晶子が待ち受けて着替えをさせ、足全体にクリームを塗ってやるというルーティーンだった。それらに対し、いつも「ありがとう」と言って、私たちを労ってくれていた。

康昭の入浴後は家族3人で食事を取るが、食もだんだん細くなってきていたので極力、少量でも栄養価の高い料理を晶子は一生懸命に作ってやっていた。

昼食時も康昭の好きなものを、晶子が工夫して作って食べさせていたが、それも食べる量が徐々に少なくなってきていた。チキンライス、オムライス、リゾット、炒飯、カレー……。康昭のリクエストは何時も簡単なものしか言わず、特にトマト味のものが好きだった。しかし晶子は、もっと栄養を取らせようと、工夫したシチューやポトフなども作ったり、パスタをナポリタンにしたり、豚の生姜焼き、鰆《さわら》をムニエルにしたり、親子丼や和食にしたりと、康昭が飽きないようにしていた。また、サンドイッチも好きなので、挟む具材に工夫を加えて晶子が作ってやると、それを喜んで食べてくれたが、量はだんだん少なくなっていった。食事の量を康昭自身も気にしていたので、何時も一生懸命に食べるのだが、その姿もまた痛々しかった。

「今日はけっこう食べたなぁ？　お母さん……」

「そうやな、半分以上食べられたなぁ……」

康昭の問いかけに対し、晶子は躊躇なく答えるようにしていたが、本当のところは半分も食べられなくなっていた。そこで、タンパク質やアミノ酸の補助ドリンクや、栄養バランスを考えた飲み物なども飲ませるようにしていた。


康昭は、昼食後には必ず歩行訓練とストレッチを自分に課していた。杖を使って廊下を一往復するのだが、「ハアハア」と肩で息をしながらの訓練は、それを見る晶子にとってはつらいものであった。

「家が好きや」

と言う康昭を、「最期まで家にいよな」と言って励ましてやるのが、晶子の日課になっていた。


いよいよ終焉が近いのか……。心配だった……。

ガールフレンドはもう一人の心の支え
………ヤギちゃん最後のお見舞い

その後も毎週の診察には、今まで通り3人で行くことにした。もちろん車に乗せて大学病院へ行くのだが、病院内での少しの距離の移動も、自力で歩くのがつらくなってきていたので、〝車椅子〟を購入し、後ろから押してやることにした。車椅子を押してやるのは晶子の役割だった。

「車椅子があるし、本屋へも行けるなぁ！」

と、読書好きの康昭は喜んだ。実際、康昭の要望で、四条通にある〝ジュンク堂〟まで連れて行く機会が2回あった。文庫本を何冊も買ったことがあったが、この頃になると、去年よく読んでいた東野圭吾のような推理小説はあまり読まず、司馬遼太郎をはじめとする歴史ものや、山本周五郎や池波正太郎の小説など、〝人情〟や〝人間性〟、〝人としてのあり方〟などをテーマにした小説を好んで読んでいた。また、芥川龍之介や夏目漱石も読んでいたが、芥川の人生を悲観的に捉えることに対しては批判的で、人生は肯定的な生き方をすべきとの境地に至っていた。ある意味では、芥川よりも康昭の方が、人生を達観していたのかもしれない。

最後にジュンク堂で買った本は、『伊藤博文　近代国家を創った男』（伊藤之雄著）であった。病に倒れてから買った沢山の本は全て読破していたが、この伊藤博文の文庫本は途中まで読んだところに〝栞〟を挟んだままとなっている。もはや本を読む体力と気力が薄れてきていたのだった。約6年前に言われた「一日一日を大切に過ごして下さい」という言葉が思い出された。

ガールフレンドはもう一人の心の支え…………ヤギちゃん最後のお見舞い

そんな毎日を過ごしている中で、康昭がＬＩＮＥを見ながら、嬉しそうに話しかけてきた。

「2月16日（日）、午後2時にヤギちゃんが、家にお見舞いに来てくれる……」

と、久しぶりに康昭の嬉しそうな笑顔が見られた。ヤギちゃんは以前、大阪の病院の治験を受けていた時にも、病院までお見舞いに来てくれた人だ。やはり康昭の心の支えになってくれている〝希望の星〟だったのだと確信した。

将来を約束したフィアンセは、康昭が不治の病に倒れた後、早々に去って行ったが、このガールフレンドは優しく康昭を支え続けてくれていた。私も晶子も本当に有り難く嬉しかった。

その日、康昭はよほど嬉しかったとみえて、夕方まで自分の部屋で話が弾んでいた。ヤギちゃんの帰り際、康昭も玄関まで見送りに出て、何時までも手を振っていた。ヤギちゃんの帰った後、康昭が〝顔をくしゃくしゃにして涙している様子〟から、本当に嬉しかったことがよく理解できた。恐らく、会えるのはこれが最後と思ったのだろう。私も晶子も、ヤギちゃんの優しい心遣いに、感謝の気持ちでいっぱいだった。

後日、親友の葛葉さんからも、〝マルシンの中華丼〟を持って行ってあげると連絡が入っていたようだが、応えられる状態ではなく、本人も残念がっていた。

葛葉さんは、以前からも旅行へ行った時のお土産や、康昭の好きなブランドのシャツなども送って下さったり、奥様からも〝足のマッサージ〟にと、アロマエキスを送って頂いたりと、本当に良くして下さり、康昭も私たちも有り難い気持ちでいっぱいだった。しかし、本人に応えるだけの体力がなくなってきており、また、コロナ騒ぎが始まったりと、二人のお気持ちに応えられないことを、康昭も最期まで残念がっていた。

その後も毎週木曜日に、診察室と処置室へ通った。腹水は1週間で3リットル以上溜まるようになっていた。

体の筋肉の衰えは進む一方で、ベッドから立ち上がるのもつらくなってきていた。康昭は足の筋肉がこれ以上衰えないようにと、家の中の廊下を行ったり来たりの運動を一生懸命に繰り返していた。片手に持った杖を支えにして、頼りない足取りではあったが一生懸命だった。しかし、もはや康昭の足の筋肉は、鍛えれば強くなるような普通の状態ではなく、逆に筋肉痛を起こしてしまうほど弱っていた。あまり無理をせず、ゆっくりしているように促した。しかし、無情にも康昭の筋力は落ちていく一方だった。

ある日、起きてベッドに座り、床に足を下ろすまではできるのだが、そこから足に力が伝わらず、ついにベッドから自力で立ち上がれなくなってしまった。その時、康昭は母親の肩にしがみつき、泣きじゃくってしまった。その悔しさは私たちにも痛いほど理解でき、可哀想で仕方なかった。

まだ自信をなくしてしまうのは早過ぎると思い、自力で立ち上がるための工夫を繰り返した。幸い電動式のベッドにしていたので、腰かけたままベッドの足の方まで移動し、そこを電動で持ち上げてから立つようにしたらうまくいった。少し自信を取り戻してくれて良かった。


康昭を車椅子に乗せての大学病院通いは続いた。腹水が1週間で3リットル以上溜まり、それが苦しくて食事を取るのもつらくなってきていた。1週間といっても、木曜日の処置日に抜いて貰って、週末には康昭が違和感を感じるほど溜まってしまう状況だった。水曜日になると、

「嗚呼、ようやく明日腹水抜いて貰えるなぁ……」

とほっとする表情をしていた。

不憫でたまらない毎日が続いた……。

そんな状態なので、ファッションに拘りのある康昭でも、従来愛用していた服は窮屈で着られなくなっていたし、また着ようともしなかった。そこでゆとりのある衣類として、スポーツウェア・ブランド〝Champion〟の六角通のショップで、晶子がライトグレーのスウェット上下を買ってきて、大学病院の診察の時に着させていた。

ある日の病院からの帰り道、そのショップへ他のウエアを買いに行った時、康昭も車から降りて晶子と一緒に店の中へ入って行った。ふらつきながら歩く姿はおぼつかない足取りであったが、店内ではデザインや素材、カラーコーディネイトなど、自らの拘りを晶子と相談し、オレンジとパープルのジャケットとパンツを選んで買った。

これが彼の最後の買い物になったが、これらのジャケットを着て病院へ行った時、エレベーター内の鏡に映る我々3人の姿を必ずスマホで自撮りしていた。康昭は自分が死んだ

後も、家族と一緒の自分を残しておきたかったのだと思う。今、我が家にはそれらの写真が額に納められ、飾られている。

3月12日（木）、この日、主治医の先生から精神安定剤の〝ロラゼパム〟を処方して貰うことになった。つまり、腫瘍の痛みや腹水が溜まる不快感、それらによる不安感から少しでも楽になるようにとのことだった。

その日の夕方から服用した。ただし、その副作用がひどく、翌朝から言動が少しおかしくなり、自らの体をコントロールしづらい様子が窺われるようになった。

3月13日（金）、朝から様子がおかしかったので、日中に知康に連絡し、至急帰省してくれるように頼んだ。この康昭の様子が急変した原因は、ロラゼパム（精神安定剤）の副作用だと推測したので、夕食後の服用はやめさせた。

しかし、それにしても様子が戻らないので、例の開業医にその相談と往診を依頼する電話をしたが、電話口には看護師しか出てくれなかった。彼女の言う内容も「ああ、それは心配ですね……」と繰り返すだけであった。やはり頼りにならない……。

この頃、褥瘡《じょくそう》が徐々にひどくなっていた。治療を要するため、主治医の先生からの指示もあり、14日（土）にそのクリニックの看護師の往診を受けて手当てをして貰うことになっていた。それで、ロラゼパムの副作用と思われる状態が出ているので、往診して貰いたいと連絡を取ったのだったが……。やはり初対面の時に受けた印象通り、残念ながら信頼できるクリニックではなかった。その看護師は、最後には救急車で大学病院へ搬送したらどうかと言い出すので、もはや電話で話していても無駄と思い、そのクリニックの往診を断念した。

「毎日見ているわけではないが、今日の康昭の様子はおかしい」

知康はそう言って、「早く大学病院へ連れて行こう」と我々を促した。そこで、知康と晶子と私の3人で康昭を車に乗せ、病院へ連れて行った。

車中から緊急窓口と電話で連絡を取りながら向かった。緊急外来の駐車場には、患者を降ろした後の救急車が停まっていたので、そこにいた救急隊員の助けを借りて緊急外来へ康昭を運び込んだ。

結果的には、水分補給の点滴で容態は回復したが、〝重篤患者〟ということで入院となった。容態異変の原因は、やはりロラゼパムの副作用であった。つまり、肝臓の機能低下が著しく、その副作用を処理する能力がなかったらしい。

入院の手続きをしたが、今回は病院の食事は付けず、「好きなものを食べさせて下さい」とのことであった。いよいよ覚悟を決める日が来たのかもしれない……。

〝極楽気分〟をありがとう
…………お母さんも好きやで

週が明けて3月16日（月曜日）、主治医の先生の回診があり、「ホスピスへの入院はやめて、この大学病院で最期を迎えることにしよう」と話があった。私はほっとしたような気持ちで応諾した。というのも、康昭は自分がどこで最期を迎えるのか、不安な気持ちでいっぱいだったからだ。2～3週間前にも、

「おばあちゃん（晶子の母）が最期に入ったはったホスピスはどんなところやった？」

と、不安げに私に聞くことがあったのだ。私自身も、最近先生からお聞きする推薦先のホスピスの様子が、以前お聞きした印象と違い、〝あまり明るい雰囲気を感じなくなっていた〟ので、大学病院でお世話になることに異存はなかった。

ここの病院は、約6年間通った関係もあり、康昭のことを知っていて下さる先生や看護師の方々が沢山おられ、康昭にとってきっと良い終焉環境が約束されると想像できたからだ。

どのように康昭に伝えようか少し躊躇したが、夜になってからそのことを本人に伝えた。最期が近いと受け取られないよう、話の仕方には注意した。

「以前から聞いているホスピスではなく、この大学病院でずっと診てもらうことになったよ。そうしようって、先生が仰った」

そう伝えた。すると、

「ああ良かった……。これで安心した……。

もうどこへも行かんで良いんやな……。

ホッとしたわ……。ほんまホッとした……」

康昭は涙ぐみながら、喜んでくれた。私たちも、もらい泣きしてしまった。息子を助けたい一心で励まし、いろいろなことをやってきたが、本当にそれが良かったのか……。その時私たちにはわからなくなっていた。その言葉に康昭の苦悩の日々をつくづく実感した。

「康昭、つくづく思ったわ……」

「何を？」

「お父さんもお母さんも、康昭を愛するがゆえに、一日でも長く生きてほしいと。そして、その間に新薬ができることを願って、頑張れ！　頑張れ！　って応援してきたけど、本当にそれが良かったのかなぁって……。手術とか治験とか、いろいろやってきたけど、結果的に何にも康昭を助けることができなかったし、ひょっとしたら、ただ苦しみを与えただけと違うかなぁって、思ってしまうんや……」
「そんなことないで。お父さんもお母さんも、いっぱいいろんなことをしてくれて、僕を助けてくれた……。感謝してるで……。癌って本当に怖いもんやなぁ……」

ああ、いつまで康昭は持ち堪えられるのだろうか……。

この後、日中は晶子が付き添い、夜は私が病室に泊まり込んだ。折しも新型コロナウイルス騒ぎが起こり、病院も面会と付き添いの制限をしていたからだ。

3月17日(火)、この日から晶子は、康昭が亡くなってから後悔しないために、彼の本当の気持ちを聞いておきたいと思い、康昭との会話の時間を増やし、思い切っていろいろなことを聞いて、彼の心の中にある思いを知っておくことに努めた。子供の頃には想像できなかったが、美術鑑賞が好きであることが話題になっていた。康昭が美術館へよく出掛けるようになったのは、大学生になってからのことだったが、特にミュシャとゴッホが好きになっていた。
「ミュシャも好きやけど、ゴッホの絵が好きで、ゴッホの〝星月夜〟は……すごい……心惹かれた……。あれは、ゴッホはきっと……涙をにじませながら描いたんとちゃうかなぁ……。あれは……僕……そう……好き、一番。

あと、月のねぇ、形とかねぇ、空の……この筆のタッチが……あと糸杉のタッチがね、何とも言えなくてね……色だけじゃなくて……面白いなぁ……。

好きだね……〝星月夜〟……。なかなか……あの……いいのが売ってなくて……壁にも飾れてないけど、昔奈良の時はポスターを貼ってた。奈良にいた時、住んでた時、おっきいポスターをベッドの横に貼ってたけど……今の部屋に掛けたい……絵を……探してんねけど、なかなかなくて……。掛けられてなくて……いいのがあったら部屋に飾りたいと思ってる……」

と、何かを思い浮かべているように、ゆっくりと静かに話してくれた。


ゴッホの作品に有名なものは多いが、この〝星月夜〟について今語り出したことに少し驚いた。これはゴッホがサン・レミの療養院にいた時の作品で、聖書にある「キリストの苦悩の祈りに天使が力添えをする」場面を、ゴッホが療養院周辺の自然モチーフを使って描いている作品、というのが最近の有力な説となっている。キリストの苦悩を表現しているかのようなゴッホの荒々しいタッチの絵が、今の康昭に何を思い浮かべさせたのだろう。前から好きな絵と言っているが、それは恐らく病に倒れてからのことだろう。ゴッホの涙や、糸杉や月の形、それらの色や荒々しい筆のタッチに反し、康昭が穏やかに語ることができたのは何故だろう。ひょっとして康昭も〝天使の力添え〟を貰っているのだろうか……。それなら幸いだが……。

康昭の話の後、私と晶子は寺町通の額屋さんを回り、ゴッホの〝星月夜〟を探してみたが、見つからなかった。結局、ネットで何点かの〝星月夜〟をプリントアウトし、どれが康昭の感性に最も近いか選んで貰い、それを後日パネルに入れて彼の病室に飾ると約束した。

我々は康昭が口にするものに気を使い、また、できるだけ好きなものを取らせるようにした。もともと食が細いうえに、腹部の腫瘍が大きくなってきているのと、腹水が溜まるせいで、胃袋が圧迫されているらしく、食事の量はごくごく僅かになっていた。

晶子は、康昭の喜ぶレモンやミカンのしぼり汁を、毎日懸命に作って飲ませた。また、康昭のリクエストで、カルピスに果汁を加えてシャーベットのようにしたものも作って食べさせていた。ある日、それが入ったコップを持ちながら、康昭は次のように言って喜んでいた。

「これ、お母さんが、レモン水とりんごジュースとを混ぜて作ってくれた。凄くおいしい。

あと、いつもカルピスとレモンとか、氷とかオレンジとか、工夫して作ってくれて、……ありがとう。何時も、朝、〝極楽気分〟になる。おいしくて……。ありがとう……」

〝極楽気分になる〟……その康昭らしい表現は元気な頃と同じままで、その笑顔は、相手を気遣う優しい康昭の笑顔であり我々はとても嬉しかった。しかし、顔が骨ばってきたため、今までできなかったところに皺《しわ》ができてしまい、トレードマークの八重歯が笑顔の表情を歪めてしまう。その不憫な笑顔に我々の心は痛んだ。

家にいる時は晶子が康昭の好みなどを考えて、いろいろと料理を作っていたが、もはや康昭の食事はごく僅かな量になり、晶子に家で作ってきてほしいメニューを言うこともなくなっていた。また、晶子も看病のために病院に詰める時間が長くなり、作ってやることができなくなっていた。康昭は、食事ができることは、生命の維持が期待できることと考えていたから、目の前の食事は一生懸命に食べようとしていた。そこで、量は少なくなっても、今までに彼と話題にしたことがあるレストランの食事メニューなどを、できるだけ食べさせてあげようと考えた。あと何日、何回、食べられるかわからないが、毎日の食事を工夫してみることにした。

その点、お菓子には何時もリクエストがある。京菓子司「末富」の〝両判〟は、何時も

〝極楽気分〟をありがとう
…………お母さんも好きやで

入院した時に差し入れることにしていた。今日もそれを食べながら、好きになったエピソードを語ってくれた。

「僕の好きなお菓子〝両判〟。ちっちゃい時に、おばさんが……食べさせてくれて、そこから僕の好きなお菓子になりました。え〜……〝両判〟今から食べる。ありがとう」

最後には、康昭らしく晶子に話した。


「お母さんも好きやで」

「どんなとこ?」

「ちょっと、ぼぉっとして、ちょっとおちゃめなところ、好きやで」

「僕もね、お母さんと似て天然なところがある。僕とお母さん似てるで……。ハハハ……」

「ありがとう……」

この言葉は、晶子にとって最高の贈り物となった。彼が亡くなった後も、晶子の生き甲斐となって彼女の体の中に残り続けている。

これからもできるだけ話をし、彼の趣味の世界を病室に持ち込んであげようと思った。

残された時間で、できるだけ康昭と関わる時間を多くし、知らなかった康昭の心の中のことなど、聞けることがあればできるだけ多く聞いておきたいと考えた。

〝生きていて〟良かった
……………ヒップホップと病室のプラネタリウム

3月18日（水）、今日の康昭は比較的元気で、寝ている暇もないくらいに盛り沢山のことがあった。

お昼前に、彼が通販で注文していたTシャツを病室まで届けた。〝2pac（トゥーパック）〟というヒップホップのMC（ラップをする人）として超有名な人らしいが、そのミュージシャンがプリントされているTシャツだ。康昭はこの〝2pac〟のCDを沢山持っているのだが、Tシャツも好きで今までにも何枚か持っていた。

「ああ、よかった。もう完売になってるTシャツやから、買えて良かった。これを着て外へ出たかったなぁ。病室にいるから無理やけど。ちょうどいいよ、これ……。僕、これ着たかった。せっかく買ったのに……」

「これ着て桜を見に行きたかったなぁ」と聞くと、

「そや……夏は夏でいろいろなところへ行きたかった……でも、ありがとう」と答えた。

着ることはできないので、胸元に当ててやると、ラッパーのようなポーズをして笑っていた。

「何て書いてあるの？」

そう問いかけると、

「CALIFOLNIA LOVE、CALIFOLNIA LOVE、トゥーパック、トゥーパック……、へへへへ……」

とご満悦であった。

まだ家から大学病院へ通える状態だったら、その時にでもいいので着せてやりたかった。

しかし、その時は恐らくもう来ないだろう。


午後にがん看護専門の看護師さんが来られ、今日は6時頃に病室を訪れていいかとのことだった。その看護師さんは〝星のソムリエ〟（星空案内人）という資格も持っておられて、今晩は星座のことを話して下さるとのことだった。以前にも康昭と趣味が合うとのことで、いろいろとお話しに来て頂いて、和やかな時間を作って下さっていた。もっとも、その看護師さんは患者の心のケアとして、患者の趣味なども肯定的に捉えて付き合って下さったのだと思うが、その優しく親味な対応が有り難かった。

夕食を軽く済ませて楽しみに待っていたところ、少し早めに来られた。それも一番初めに担当して頂いた先生と看護師さんを連れて。皆さん康昭の顔なじみだ。先生は脚立を持っておられて、「どうすれば良いか、指示してね！」と星のソムリエに話しかけ、ソムリエは「あっち、あっち、もう少しこっち」などと、なにかクラブ活動の先輩と後輩が学園祭の準備をしているような、そんな風景が思い浮かぶような、会話の応酬がしばらく続いた。

そうこうしているうちに、何をしておられるのかがわかってきた。天井に星型のシールを張り付けていたのだ。それは蛍光塗料付きのシールで、星のソムリエの指示通りに張り付けられ、部屋の電気を消すと、見事に夜の星空が再現されたのだった。ソムリエが次から次へと星座の解説をして下さり、さながら我々はプラネタリウムで解説を聞いているようだった。全てが康昭を癒やすための演出であり、本当に有り難かった。

「僕は本当に幸せです。嬉しいです」

康昭は涙ぐみながら言った。

その涙もろくなった康昭を見て、先生やソムリエや看護師さんは、冷やかすように笑っておられたが、それは康昭をいたわる優しい笑い声として、病室に響いていた。この夜は、思ったよりも長く星のソムリエの話が続いたが、康昭は熱心に話を聞いていた。

皆さんが帰られた後康昭と話をした。

「面白かったね。手間暇かけて下さって、有り難いね。いろんな人たちから好かれる息子を持って、お父さんもお母さんも幸せやわ」

「本当に嬉しい……。こんなにして下さるなんて……。本当に有り難いし感謝しかない……。〝生きていて〟良かった……」

康昭はしみじみと言いながら、涙ぐんでいた。

余命宣告から7年 …………本当に〝ラッキー〟やったと思う

3月19日（木）、昨日の疲れが出たのか、少し元気がなかった。

お昼ご飯の前には、晶子とこの約7年間を振り返って、自分の気持ちをつくづくと語ってくれた。それも、ゆっくりと、時の流れを嚙み締めるように。

「あの時は、本当にびっくりした……。

先生からは、これからは好きなことをして過ごしなさいって言われた。

もう仕事に復帰することはできません、と言われた……。

それが、薬を飲んで、手術も3回して、7年間生きられて今日まで来た……。

その間にいろいろな思い出も作れた。

これからはもう思い出は作れないけど、この7年間は本当にいろいろなことをして、〝濃密な時間〟を作れた。それは本当に〝ラッキー〟やったと思う。

病気やから会えた人、病気になってから出会えた人もいるし、それは本当に〝ラッキー〟やった……。

お父さんとお母さんと一緒に、お寺とか、美術館に行ったけど、ほんまに楽しかった……。

大学の時から、そういうのに興味をもった……。

ハマったら、ハマってしまうから……。うちの家系かなぁ……。万年筆とかボールペンとか、凝り性やなぁ……。

観られなかったけど、007とかバットマンの映画も観ておいて……。

あと、……お墓参りの時には、僕の好きなリスンとか松栄堂のお香を焚いてぇや……。

僕のお気に入りの香りは、部屋にあるから……」

うっすらと笑顔を浮かべながら話してくれる姿は、冷静で何の後悔もない様子に映り、余計に私たちの悲しみと悔しさを誘った。

約7年前に余命宣告されたも同然であったが、それゆえに日々の生活や巡り合う人たちとの出会いを大切にした。本を沢山読み、美術館で数多くの作品を鑑賞し、文学や芸術の持つ意味等々を深く考えた。7年間で経験したものが、恐らく平均的な人の人生を、濃縮したように吸収でき、満足感があったのだと思う。それを彼は〝ラッキー〟だったと達観した感想で話してくれた。素晴らしい〝人〟に成長してくれたと思う。私たちにとっても、順調に巣立った康昭が仮に平均寿命の85歳程度まで生きたとしても、恐らくこのような〝濃密な時間〟を康昭と共に過ごすことはできなかったと思う。

「康昭、本当にありがとう。
素晴らしい人生だよ！　君の人生は。
ラッキーなんかじゃない、君が〝君の努力〟で、
勝ち取った〝素晴らしい人生〟だよ！」

お昼には、康昭の好きな〝キッシュ〟と〝オレンジとかぼちゃのスープ〟を食べた。その後、晶子の作った〝柑橘フルーツ氷〟を、おいしそうに一生懸命食べていた。
血液の再生能力が落ちているのか、午後には輸血も行われた。

3月20日(金)、なにか一段と顔が骨ばってきたように見えてきた。いや、確かに骨ばってきた。胸を見てみても、肋骨が盛り上がって見えるほどになり、肌も内出血の見え方がひどくなってきた。心配である。

3月21日(土)、今日は、朝から少し容態が良かった。少ししっかりした食事をしてはどうかと持ちかけてみた。もう少し元気だった時に連れて行きたかったステーキがうまいレストランで、病院のすぐ近くにあるが、その時は診察日が定休日と重なっていて実現していなかった。その後、診察日が変わってからは、もはや病院の近くでも行く気力と体力がなくなってしまい、実現できていなかったのだった。康昭も喜んで同意したので、お昼ご飯はそのレストラン〝はふう〟のフィレステーキをテイクアウトして食べさせることにした。
「おいしい、おいしい」と言って、一生懸命食べてくれた。

この昼食の前にも、康昭の好きなものについて話をしてくれていた。〝バットマン〟、まだ小学生の頃に阪神大震災の罹災地から京都の実家へ戻る時、大事そうにバットマンのフィギュアを持って帰ったが、大人になってもその趣味は続き、今でも部屋に〝バットマン〟のフィギュアや、ポスターをパネルにして飾っていた。

康昭がバットマンを好きなのは、〝バットマン〟が他のスーパーヒーローのように超能力や強力な武器を持つわけでなく、自らの体一つで悪と戦うからだった。

「〝不屈の精神〟と〝犠牲の精神〟で……言ってみれば何の超能力も持たへんブルース・ウェインが、生身の体で……生身の肉体と頭脳で悪と戦う、それが僕の中では好き。子供の時に目の前で両親を殺されて、そこから悪を憎むようになったんやけど……その中で自分の家はお金持ちやったけど、自分を〝犠牲〟にして、しかも諦めずに悪と戦う姿が、僕の中では凄いヒーローやって、その〝犠牲の精神〟と〝不屈の精神〟というのは、僕の中では憧れやったから、なんか目指しているところがあった。子供っぽいかもしれないけれど、その精神に憧れてた」

と、うっすら笑顔を浮かべて語ってくれた。

3月23日（月）、この日から、痛みと倦怠感を緩和するために、従来の鎮痛剤のほかにモルヒネの使用を開始するようになった。今まで痛みを我慢して、極力鎮痛剤の服用を避けてきた康昭だったが、この日は医師の提案を素直に受け入れて、母親にもモルヒネのことを自分で説明していた。

康昭が欲しいと言っていた〝RAP Tシャツ〟の写真集をアマゾンで注文しておいた。それが届いたので、病室へ持って行ってやった。康昭は大いに喜んで、さっそくその内容に見入っていた。口調は物静かなものになっていたが、私たちに熱っぽく、それぞれのTシャツがどういう時に作られて、どういう意味が込められたものなのか、等々を説明してくれた。よほど〝RAP Tシャツ〟が好きだったのだと、改めて気づかされた。

3月24日（火）、この日も、午後5時過ぎから夕食を取らせる。午後6時から点滴が始まるので、夕食はそれまでに終わらせるように、康昭は何時も気を使っていた。今日の夕食は病院近くにあるLINDENBAUMの〝カスレ〟になった。私がお昼に食べようと思って買ってきたが、その話をしたら、味付けが康昭の好きなトマトソース味のためか、

「夕食に食べたい、楽しみにしてる」

と言ったのでそのようにした。

このところ、食事の量が僅かになってきていたのに、「楽しみにしている」と言った言

葉に、普通の会話以上の響きを感じた。あと何回食事を口にすることができるのか、彼の不安な気持ちを想像してしまった。

実際に食べさせたら、その味付けが気に入ったのか、予想以上に食べてくれた。ちょうど食べ終わった頃に、先生が回診に来て下さり、食事の量などを説明すると、

「それだけ食べられたらいいね」と笑顔で仰った。

3月25日（水）、お昼過ぎに、ヴィンテージポスターの画集を見せてやった。病室で楽しみがない康昭を何とか慰めようと、晶子が彼の好きな〝アールヌーボー〟の画集を探しに行って、本屋で見つけ出してきた画集だった。康昭は、予想もしていなかったので、その画集を見て大そう喜び、さっそく内容に見入っていた。もはや彼はこの重量のある画集を、自分で持ちながらページを繰ることはできなかったが、ページごとの作品について一つ一つ熱心に解説してくれた。時には、その作品を見に行った展覧会のことも教えてくれた。

夕方、外に出たついでに、病院のすぐ近く、東大路丸太町の角にある〝熊野神社〟に寄ってみた。日当たりの良い場所にある桜が満開だったので、写真を撮って康昭に見せてあげようと思ったのだ。夕日に映えてそよ風に揺れる桜の姿を見て、「康昭にも見せたいな

ぁ……」と愛おしい姿に見えたからだった。

病室に戻り、康昭にその写真を見せてみたところ、さっそく寸評が始まった。

「綺麗やなぁ。夕日が映えてうまいこと撮ったやん」

元気な様子で彼が寸評をしてくれ、私も嬉しい気持ちになった。

康昭は年末に倒れて以来、会社の皆さんへのご挨拶をどうするかずっと気になっていた。もはや直接会ってご挨拶することは不可能であると思い、書簡による挨拶状を自ら作っていた。それを明日営業所長さんに送ってほしいと頼まれた。

余命宣告から7年
…………本当に〝ラッキー〟やったと思う

お世話になった皆様へ

お疲れ様です。京都営業所の多羅で御座います。

私事で恐縮でございますが、現状では職場復帰が難しくなって参りましたので、ここでご挨拶させて頂きます。約６年前に癌が見つかり、治療を継続しながら業務に励んで参りましたが、残念ながら昨年末12月29日に体調が急変し、これ以上は自力で通勤することが叶わなくなって参りました。

治療を継続しながら、社会人として勤続10年目まで働くことが出来ましたのも、ひとえに皆様の温かいご支援があったからだと思います。たいへんお世話になりましたことを、重ねて心より感謝申し上げます。

定年まで東和薬品の社員として働きたかったのが、正直な気持ちです。このような結果となり残念ではありますが、私の人生で東和薬品で働けたことを大変幸せな経験をさせて頂けたと誇りに思っております。

本来であれば、直接お伺いしてご挨拶するべきところですが、身体も思うように動かなくなりましたので、メールにて失礼させて頂きます。

末筆ながら、皆様のご健康と今後益々のご多幸を心よりお祈り申し上げます。

本当にありがとうございました。

令和２年３月25日
多羅　康昭

この日も午後5時30分頃に、星のソムリエが来て下さった。〝Stellarium〟という星座のウェブサイトを紹介して下さり、実際に部屋の壁にプロジェクターで投影して星座の解説をして下さった。途中午後6時少し前に主治医の先生が回診に来て下さり、ソムリエと星座の話で盛り上がった。先日のいちばんはじめの先生といい、今日の主治医の先生といい、普段診察室で病気のことだけをテーマにしてお話しさせて頂くのと違い、先生たちの趣味やお人柄がよくわかり、とてもいい時間を過ごすことができた。

今の主治医の先生といえば、今回ほかにもエピソードがあった。康昭はバットマン以外にも〝007ジェームズ・ボンド〟の映画が好きで、今年の4月に封切り予定だった〝NO TIME TO DIE〟を観るのを楽しみにしていた。

康昭が〝007〟が好きな理由は、主人公のジェームズ・ボンドの英国紳士としてのクールでおしゃれな佇まい、特にトラディショナルなスーツ姿が好きだった。反面、身に着けているものや、車などは最新の一流品で、かつファッショナブルでかっこ良く、男心を擽《くすぐ》るからだと言っていた。

しかし、その楽しみにしていた映画が、新型コロナウイルスの影響で11月に延期になってしまい、残念がっていたのを先生が聞きつけ、米国の映画配給会社へＤＶＤの事前入手を依頼して下さったのだった。米国では、病院などに対してそのようなサービス制度があるようで、それを試みて下さったのだった。結果は駄目であったが、康昭のためにそこまでして下さった先生に感謝した。先生と映画の取り合わせは、決して普段の診察室では想像できないことであり、先生を身近に温かく感じたものだった。

この日も〝星座の講義〟を、熱心に聞いていたので少し疲れたのか、ソムリエがお帰りになった後、午後7時を待たずして康昭は眠りについた。寝顔をそっと見てみると、一層顔が骨ばってきたようだった。

2020年3月29日(日)
…………ありがとう康昭……ずぅ〜っと一緒やで

3月26日（木）、外はそろそろ桜が咲く頃となっていたが、先生が昨年の終わり頃に予告されていた通り、やはり桜を見に行くことは無理になった。朝、毎年康昭と桜を見に行っていた疏水《そすい》べりの桜の木のところへ行き、申し訳ないが蕾がいっぱい付いた10センチほどの小枝を持って帰ることにした。何とかして康昭に桜の花を見せてやりたかったのだ。その枝をエビアンの小さなペットボトルに差し込んで病室まで持って帰り、康昭に見せた。

「綺麗やなぁ……」

という言葉には、以前のような力強さがなかった。しかしながら、「枝を折ってはいけない」と私を諫める言葉は、正義感の強い康昭らしくしっかりとしていた。

母親から〝クリケット〟のレモンゼリーを食べさせて貰う様子も、好物をおいしそうに、また嬉しそうに食べる何時もの康昭の無邪気な様子も、すでに見ることができなくなっていた。

兄の知康が帰省してくれた。康昭は痩せこけた状態で、晶子が話しかけても弱々しい反応しかなかったが、知康を見ると最後の力を振り絞ってか、大きな声で、かつ力強い口調で知康に自分の亡き後を託す話をした。時には知康に対する康昭の願いについて、遅々として進まぬ状況を叱責する場面もあった。今から思えば、本当に最後の渾身の力を振り絞って話したのだと思う。最後の最後まで、家族や家のことを真剣に考えてくれていたのだと、私も晶子も嬉しかった。しかし、反面康昭が背負ってきた負荷の重さを感じ、康昭に申し訳ない気持ちでいっぱいになった。

今まで毎晩のように、夜中に痛みと倦怠感に耐えられず起きることがあったが、この日の夜中の様子は一層痛々しかった。

「お父さん、お母さん、もう無理！　スパッといって！　スパッと……！」

もう闘いを終わらせてくれ、と私たちに呼び掛けている。

これはうわごとではなく、ハッキリとした彼の意思表示であるのがわかった。私たちは何と言って答えれば良いのかわからず、ただ彼の手を握り締めるだけしかできなかった。涙が止まらず、彼の痩せた顔を見ることもできなかった。

モルヒネを使用してからは、意識が薄れて、私たちとのつながりを感じられなくなることが怖かったのか、康昭は晶子に小さな声で、だが、しっかりとした声で、

「手を握っていて……」

「ずっと話しかけていて……」
「ずっと僕に触れていて……」

と頼むことがあった。晶子は、康昭を抱きかかえようとしてやるのだが、持ち上がらない。右手を背中に回すのが精いっぱいだったので、その状態で晶子は康昭に覆い被さるようにして、話し続けながら康昭に触れてやるのだった。

「やっちゃん……、一人とちがうで……、
ずっとそばにいるで……」
「お父さんも、お母さんも、
……ずっと、やっちゃんと一緒にいるで……」
「これからも、ずっと、ずっと一緒やで……」

3月27日（金）も、3月28日（土）も、晶子は夜中ずっと寝ずに康昭を見守った。ほとんど何も食べずに眠っている状態が続いていた。27日は倦怠感がひどいようで、バンザイをするように頻繁に手を動かしていたが、28日には晶子が手を取って話しかけても、ほとんど返事が返ってこなかった。もちろんモルヒネが効いているのだろうが、もう一度会話できる機会があると思っていたのに、そのチャンスは来なかった。

放射線治療をして頂いた先生が、この日もお見舞いに来て下さった。今までにも何回か康昭を見舞いに来て下さったが、やはりモルヒネ使用のためか、どの日も康昭は眠っていた。先生と最後にお話しする機会が得られなかったのが残念だった。筆記具など趣味について、康昭が先生と楽しそうに話すところが聞けたかもしれなかったのに。

3月29日（日）、静かな日曜日の朝だった。康昭の息遣いが弱くなってきたのと、今まで温かかった手が冷たくなってきたことが心配になり、私と晶子は顔を見合わせた。

手の指の内出血は相変わらずひどい……。

息を吸う時の様子も弱くなってきた……。

8時40分頃、看護師さんが急いで病室に入ってきた。

「酸素濃度が急に落ちてきたので、モニターに切り替えます」

そう言うと、テレビ画面に脈拍数などを表示するモニターを持ってきて康昭につないだ。

素人目にもその画面からは容態の急変が理解できた。

8時45分、脈拍数「0」を示し、グラフの線も波打たなくなった。晶子は康昭にしがみつき、泣き伏した。最後にもう一度ギュッと抱いてやりたかったが、抱きかかえることはできず康昭の胸に泣き伏していた。

医師が駆けつけ、一通りの診察がなされた。

「8時48分、ご逝去されました」

ちょうど6年4カ月の康昭の闘いの幕が下りた。厳しく、苦しい6年4カ月の闘いだったが、今、私たちの前で眠る康昭は、苦闘から解放された安堵からか、穏やかな顔をしていた。ただただ「ご苦労様」と言ってやるだけだった。それでも晶子は、康昭をもっと抱きしめてやりたかった気持ちが強かった。それもなかなか叶わないので、最後にしてやれることとして、康昭の体を丁寧に拭いてやり、苦闘の終わりをいたわってやった。本当に〝命〟を大切にし、一生懸命に生き抜いた33年と8カ月だった。

今の人間にとって、この33年8カ月の人生は、あまりにも短いと思われる。しかし、彼はもっと生きたかったと思う反面、他の人よりも充実した人生を送ったと、感じていたのではないだろうか。

思春期の中学・高校時代は、さしたる目標を見出すこともできず、悶々と悩む時間を過ごしていた。しかし、大学受験のために通っていた予備校で、他の高校から来ている学生たちに出会い、彼らに刺激されてから、生き方が変わったように思う。大学では常に最前列で講義を熱心に聴き、何事に対しても〝熱心な人〟へと変身を遂げた。沢山の書籍を読み、音楽や美術などにも興味を示し、幅広い知識を持つ青年へと成長してくれた。

病に倒れてから、思ったよりも早く人生を達観した様子が窺え、その強靭な精神力に親として驚いたものだった。特に闘病生活の約7年間は、まさに〝一期一会〟の精神で、日々を大切に生き抜いたのではないだろうか。彼自身も「非常に濃密な人生が送れた」と病室で語ってくれたことがあった。短い時間であったかもしれないが、豊かな人生であったと思う。

人との出会いを大切にし、病状が芳しくない時も、巡り合った人との付き合いを大切にしていた。奈良でお世話になった医院の先生ご家族のコンサートへも出掛けて行ったし、友人の結婚式にも大阪まで行って参列した。最期に近かった時期も、取引先の方々と映画を観に行ったりもした。自らの病状をおくびにも出さず、笑顔で付き合いを続けていた。それが彼なりの〝一期一会〟だったのかもしれない。親の知らない間に、まるで禅僧のような人になっていた息子を誇りに思う。

康昭はまだ元気な間に、今後の研究に生かしてほしいと、自らの臓器提供を大学病院に約束していた。そのため、他界した今日、康昭の遺体は一晩霊安室の冷蔵庫で保管されることになり、私たちは一旦家に帰ることにした。

家に帰る途中、毎年康昭と桜を見に行っていた場所に行ってみることにした。疏水べりの桜はほとんど満開になっていた。車を降りて、晶子と桜の木の下へ行った。

我々の周りに風が吹き、小鳥の囀りが聞こえてきた。まるで康昭も一緒について来ているような気になった。

「なぁ～んだ、お前も見にきてたのか！」

本当にこう話しかけてみたかった……。

翌日の3月30日、大学病院の霊安室から医学部の研究室があるキャンパス（近衛通を挟んで北側の敷地）へ、葬儀社の車に乗って康昭と移動した。先生やお世話になった多くの看護師さんが見送って下さった。

故人の遺志に基づき、解剖のために臓器提供するのだが、主治医の先生からの要望もあり、遺伝子の研究にも活用することを了解した。きっと康昭も同意すると考えたからだ。

数時間の後、康昭の遺体が我々のもとへ返され、遺体は葬儀社の車で通夜と告別式を行う五条坂の式場へ運ばれた。

闘いを終えた康昭を見送るように、桜の花がキャンパス一面に咲き誇っていた。キャンパスを出てからも、鴨川沿いの川端通は桜並木が咲き誇っていた。それを見た晶子が、隣で眠る康昭に思わず声を掛けた。

「やっちゃん、見てみぃ……。鴨川べりの桜が満開やでぇ……。鴨川の遊歩道、歩くの好きやったなぁ……。最後に満開の桜が見られて良かったなぁ……。」

「ほんまや、綺麗やなぁ……、お母さん……」

晶子には、康昭の声が聞こえていた。

夕方のそよ風に揺れる桜の姿は、最後まで勇敢に闘った康昭を、拍手で称えてくれているようだった。

3月31日に通夜、4月1日に告別式を執り行った。遺影には生前康昭から託されていた、お気に入りのハットを被った写真を使い、式場は晶子とも相談して仏式の形式にとらわれ過ぎずに、康昭らしい雰囲気になるように設えて貰った。もちろん、康昭は我が家が先祖代々信仰している浄土宗を大事にしていたので、僧侶のお経を唱えて貰うのは当然であるが、飾り物は極力やめ、白とブルー系の花で式場を飾るようにした。僧侶のお経のない時間帯は、BGMとして、康昭が病に倒れてから自作自演で収録していた、GISTと闘う自分を鼓舞するような詩のヒップホップのCDを流した。通夜に参列して頂いた方々には、康昭が好きだったリスンのお香を粗供養に持って帰って頂いた。

特に通夜には、私たちの予想を超える沢山の方々に参列して頂いた。同期入社の友人たちは、通夜のスケジュール時間が過ぎていても駆けつけてくれたし、京阪神地区以外、名古屋などからも夜遅くに駆けつけて下さる友人も多かった。また、康昭がよく行っていたセレクトショップのスタッフさんは、生前康昭を励まして下さっていただけでなく、この通夜にも来て下さり最後までおられた。皆さん誠に有り難い限りで、康昭なりの〝一期一会〟でそうして下さるのだと、改めて康昭に対し誇らしい気持ちになったと共に、来て下さった方々に対する感謝の気持ちでいっぱいだった。

告別式の日は、康昭が去ったことを悲しむように雨が降り出していた。この雨によって、康昭が生まれ育ち、そして死んでいった京都の街中の桜も、そろそろ散っていくのだろう……。

この先何年たっても〝桜の季節〟が来るたびに康昭のことを思い出すだろう。

いや、明日からも彼のことを忘れる日はない。この康昭との思い出を綴っている時も、いっときも彼のことを忘れることはできない。今、家には私と晶子の二人しかいないが、朝起きたら「おはよう」、寝る時は「おやすみ」、会社へ行く時間になれば「行ってきま～す」、夕方になれば玄関で「ただいま～」と、こちらが返事をするまで、言い続ける康昭の声が聞こえてくるようだ。

晶子が食事を作るキッチンから、食卓の康昭の席が見える。しかし、今はもうその康昭が座っている背中を、晶子は見ることができない。康昭がリビングでテレビを見ていた時のソファもそのままにし、座る場所もそのまま空けているが、私が隣を見ても康昭の姿はもう見えない。彼の部屋もそのままにし、彼が使っていた杖は、いつものように彼が生前置いていた、ベッドのヘッドボードにそのまま立て掛けてある。

2020年3月29日（日）
…………ありがとう康昭……ずぅ～っと一緒やで

家族の写真、バットマンのフィギュアや大きなポスターのパネル、展覧会へ行って買ってきたポスターなどをアレンジして額装したもの、全てが彼の生前のままの状態で置かれている。敢えて言えば、彼の好きな〝2pacのTシャツ〟を、新たに彼の指示通りの壁に掛けたことが、唯一の変化かもしれない。もう康昭の声を聞き、康昭と話をし、一緒に食事をすることもできない悲しさを、これからどう乗り越えればよいのだろうか……。

康昭を苦しめたGISTという希少癌を人類が克服する日が来た時、初めて康昭は私と晶子の肩から飛び立っていくのかもしれない。GISTを克服できる新薬が、一日も早く開発されることを祈るが、康昭との思い出は、何時までも静かに振り返っていたい……。

「ありがとう、康昭……
ずぅ〜っと、一緒やで」

康昭が作詞したラップ

予期せぬＧＩＳＴという病に倒れ、この先長くない人生を宣告された康昭が、常に周りの人たちを気遣い、自らを鼓舞し、懸命に残された時間を生き抜いた。その彼の〝落胆〟と、そこから這い上がる〝気概〟が感じ取れる詩である。

GIST

作詞：多羅康昭

雫

【VERSE 1】
あれはそう肌寒くなった頃/考えてたあの娘へのギフト/貧血痛み嘔吐　オンパレード/気付けば検査ばっかの火曜/果報　じゃなく諦めには重い宣言/めぐりくる思考/家族、彼女、仕事の事/だいぶん進行　手術不能/らしい　bull shit!/闘う術は薬　生きる思考/メスは蜘蛛の　糸　切るのみ/まるで綱引き　GIST　という病み/敗北の先は墓穴のぉ闇/延命の頼みグリベック100mg/四錠むしばむ諭吉/稼がな!!なぁ先生!!　いつから復帰？　なんだぁ？　ドクターストップだぁ?!　振り出しに戻せない　ならばぁ/サイコロをただ振る　までだぁ/足をもがれた蟻かよ、でも/いつか思い天に届けよ/日はまた昇る？　期待しないよ/為せば成る為さねば成らぬ/何事も　全部塗り替える!!/サビ臭いモノクロの空でも

【HOOK】
点滴が一滴　命の雫
一滴一滴　染み渡る
涙が一滴　痛みの雫
一滴一滴　歩みの雫
数滴のインクで描く
空はにじんだイエローにブルー
まるでゴッホの星月夜
ダイヤの雫がこぼれたよ

【VERSE 2】
枕の凹みが命の重み/夜空の星が　cry for me/握る拳　士気を鼓舞し/逆境が正しい道を示し/マイナスならプラスに変える/だが絡まる気持ちとチューブ/終わらぬ迷路　どこ？　出口は？/まるでメビウスの輪……/飯食えるだけマシか？　いや明日/稼げないじゃないか/幸か不幸か　これがカルマ？/宝の在り処あとどれぐらいか/暗い闇で見れる光/有り難みを忘れはしない/すきま風がなんか心地いい/ガラスの向こうには……

【HOOK】
願いが一滴　命の雫
一滴一滴　染み渡る
涙が一滴　痛みの雫
一滴一滴　歩みの雫
数滴のインクで描く
空はにじんだイエローにブルー
まるでゴッホの星月夜
ダイヤの雫がこぼれたよ

【LAST VERSE】
思いも寄らなぁい〜重い病との出会ぁい〜未だ勝てなぁい/終わらない戦い/いけ好かなぁい死神の誘い（いざない）など気にしない/くたばりそこないなどなりはしない/限りない人生などない/神はロウソクに一度しかぁ/火をつけてはくれないからぁ/ただ生きてた証を残したい/神も仏もいない、けどまだ願う/『時をください』自分で/夢と金は掴み取るから…

【HOOK】
想いが一滴　命の雫
一滴一滴　染み渡る
涙が一滴　痛みの雫
一滴一滴　歩みの雫
数滴のインクで描く
空はにじんだイエローにブルー
まるでゴッホの星月夜
ダイヤの雫がこぼれたよ

斜陽

【VERSE 1】
四条大宮向こうには斜陽/苦悩も不安も切除不能/過去も罪も切除不能/金は天下の回りもの/命は天からの贈り物/I want it all 全て得てなんになろう?/なぜ急ぐ?? 貪欲はアクセル/足るを知らん足じゃ即事故/だが即断 そう look down/数ガロンのハイオクで進むまでだ/泥沼のような暮らし/まるで、シシフォスの如し/行ったり来たりの繰り返し/それが、生きることの 証/愚痴など……口出すなぞ……

【HOOK】×2
Up! Up! Big up! Up! Big up!
貫く自己を磨く 美学!
ただで滅ぶ? 否!!
有り難迷惑!
名もなき蟻よ
never give up !!

【VERSE 2】
灯る火 ゆらりと舞うお香/つかむにつかめぬ 夢や過去/消える魂 灰の心臓/残り香のレクイエム/燃えない『哀』『苦』は手で割れず/しゃれこうべには目もくれず/また太陽は通り過ぎる/一度も日を見ない子蟻だって/サダメに踏まれた蟻だって/雨水に流された二人だって/帰り方思い出せない蟻だって/闇の一寸先へ必死なんだって/闇に問うても梨の礫(つぶて)/レジリエンスが真の答え/アリババのように開けるんだ!! se. sa. me.

【HOOK】×2
Up! Up! Big up! Up! Big up!
貫く自己を磨く　美学！
ただで滅ぶ?　否!!
有り難迷惑！
名もなき蟻よ
never give up !!

【LAST VERSE】
矛盾の上に成る、この世/ヤマボウシすり抜け075/日出る東の鴨に向かう/病みは上がらず哀しみ流す/揺れる川と空　life goes on/あの雲の上の層の向こう/近づければ　少しでも/向かい風が　くれるチャンス/意識のプロペラ回すなら/人も運命も変えられる/後押しするさ影法師/前にもつまずき小さな一足/前に転倒大きな一歩/たとえ無様に死んでも/前進したら悔いはない/そう思える自分でありたい/この世界は俺のもんじゃない/やから、しゃ～あない、しゃ～あない/元に戻せない砂の落書き/雨風のせいにはしたくない/自分の意識、工夫次第/水面（みなも）には立てないって実際/その怖さがくれる勇気/あの日と共に、西へ向かう

【HOOK】×2
Up! Up! Big up! Up! Big up!
貫く自己を磨く　美学！
ただで滅ぶ?　否!!
有り難迷惑！
名もなき蟻よ
never give up !!

Walk on

【VERSE 1】
止まらない小雨の帰り道/思い通りにいかない不条理/まるで溶けない氷のSTORY/ページの余白に書くglory/何かを得たら何かを失い??/いや、何かの裏に何かを作り/黒なら白に裏返し/一期に創る奇跡/叶う叶わんいずれだろうと/気づくといじる苦労と/安楽を　誰　であろうと/所謂皆人生の素人/泥から抜け出せぬ蓮の花/だがいつも真は自身の中/見つければ咲く綺麗な花/そうだろう?? なぁ、お釈迦様

【HOOK】×2
一生walk onひたすらwork on
祇園の音色が夢のよう
ただの絵空事ぉだとしても
ここでいつか実証

【VERSE 2】
なぜ風は起きるなぜ/なぜ波は船を飲むなぜ/なぜ陽は地を枯らすなぜ/話せ無口の神様よ　話せ/くいこむハテナの留め具/制約こそがもたらす解放/不足こそがもたらす創造/不幸の種からいくつか新芽/頭出すときには苦しんで/そして苦しんで育み/友と共にキソイタイヨ/君をイトシ共にオドリ/常にツトメハゲミしまいに/苦しみながら土にかえる/死んだらゼロ？……/いや！/今は小数点　以下だろ?!/消してくゼロを一個また一個/バツで消して　下に書いて/そして今際の際（いまわのきわ）に桁/いくつかぁつけれるかな

【HOOK】×2
一生walk onひたすらwork on
祇園の音色が夢のよう
ただの絵空事ぉだとしても
ここでいつか実証

【LAST VERSE】
見えない未来　掴めないミラー/ごしの昨日おととい透明の空気は戻してはくれない/この止まないビートが蘭奢待（らんじゃたい）/ジョーダンに刻んだ『FLY HIGH』/困難が　自分を強くさせた/願いだけじゃ返事はこない/たら、れば、ばかりじゃ始まらない/運命に文句を言うのはお門違い/人のせい〜事のせい〜/する前に見ろガラス鏡/ブサイ自分じゃないか?!/……じゃあ、どうケツふくんだい？？/そう正解　自分の右手さ/だが少しわがままでもいい/最後にふききりゃそれでいい

【HOOK】×2
一生walk onひたすらwork on
祇園の音色が夢のよう
ただの絵空事ぉだとしても
ここでいつか実証

【OUTRO】
yo わがままな俺のために/優しい君のためにwork on/休まぬ心臓よpump out/生きろ！　今を！　一緒にwalk on/終わり方は皆一緒/なら幸せを作ろう

ISERROR

【VERSE 1】
こんなぁ、暮れ合い　じゃ～/水かけるのもしのびない　なぁ/お前が毎日焚いていた/リスンのお香を持ってきた/ネクタイの穴見透かすライター/この様さ　恥ずかしいな/前来た時の蜩（ひぐらし）/跡形もなくなぁり/俺もいつかはいなくなり/ただその日暮らしの繰り返し/いつまでも解けぬ鎖/視界をむしばむ悩み/際限ないくぼみの奥/の奥には何があるのだろう??/嘆息を避ける火に蝋燭/冷たい波紋に目を注ぐ/そういや、あの娘は36週/あの答えは正しかったのか??/いつか、会いにくるといいなぁ

【HOOK】×2
切り裂く刃　痛む海馬
落ちゆく明日　さまよう枯れ葉
何が答えかわらない
ISERROR !!　ISERROR !!

【VERSE 2】
答えはないよ　homie/気にしなくても　よぉい/falling falling　これが人生/だが真下には堕ちるな/人生は弦が切れるまで/引き続けろ　我慢比べ/飛んでいる炎からは/逃げ続けられねぇ　yo/今は困難の下でも/やめるなその思考を/たとえ病めるこころでも/手を止めるな　皿は回る/ゆめとうつつの溝たとえ/未曾有（みぞう）の危機でも/五分五分の恐怖と希望/揺れる足で隙間を歩む/着実に達成するマニフェスト/逆境に挑むリスペクト/自分勝手な言い方やけど/歩けるだろ!!　屍（しかばね）越えろ/弱くあればさらに強く/強くなれ　ただ　強く

【HOOK】×2
切り裂く刃　痛む海馬
落ちゆく明日　さまよう枯れ葉
何が答えかわらない
ISERROR !!　ISERROR !!

【LAST VERSE】
確かに……確かにぃー/確かな答えはこれだけ/幸せを　食らうため/必死に上向いて口あけ/ゆりかごが墓穴へ/気が付くと　すがた（姿）変え/完璧なものなどこの世になく/万能の火ですら灰余らす/ああすればこうすれば考えれば考える自分だが/宙を舞う煙は消え失せる/形変われど痛み現る/これが理由　許す自分/気にせず手放すな自由/誰彼じゃなく俺の三稜鏡（さんりょうきょう）に光のリフレインを !!

【HOOK】×2
切り裂く刃　痛む海馬
落ちゆく明日　さまよう枯れ葉
何が答えかわらない
ISERROR !!　ISERROR !!

Outro

ill wolf ill wolf さまようシナプス/転がす賽（さい）より吸い込む香/かける魔法基盤の目に変貌/描く先一つ Outro !!
あ、い、う、から始めた頃/か、き、く、ろうも飽きた/な、に、ぬ、るい考え！破っ!!/いつ地〜落ち『ん』だろう??
雲隠れた難転　つけるバッテン/各　点　勝手　楽天的な考え/合点！　待て　見ろ目の前/てめぇ　影してんだけ
美はぁ、眼球の奥にあるぅ/心の網膜　もうモウロク/でも星空眠る胸奥（きょうおう）/輝きをそう〜敷き詰めよう
ついつい目ぇ落とす　足元/チャンスもナイスなギャルも/見逃す！　カス!!　見渡す！　まず!!/酸いも甘いも噛み分ける
あたり闇　求める綻び試み/転びリビリ　ビビリーー/繰り返し　朝はまた近くなりぃ/恐れの先にぃ光ありぃ

ダリィじゃねぇんだよぉ　mother fucker/完璧はもとめるもんなんだ/much better much better/それでも雲はすすむのさぁ
ここ古都　今日も話そう/答えてみろよ～　All I need/奪ってみろよ　豪快にぃ??/舞う塵埃（じんあい）砕ける愛
神がサドかどっち？　謎??/解は諸行無常ってこと/エゴは自己を盲目の蛇へと/変える魔物　うぅーむ、例を
Listen じゃああげる　火と水/なくてはならぬもんだろ??/しかし、二つが合わさると/さぁ、残るんどっち？　自業自得
未読スルーか？　納得するーか？　/このVERCEどっちでもいいがぁ/耳目（じもく）!!/全開（ぜんかーい）!!　しなーい?!/損するぅ！　間違い、なあぁーい!!
……yeah……yeah……

C.O.U.S.H.I.N

【VERSE 1】

毎月毎月第二火曜日/契約更新　魂の更新/白衣の神が手のひら返す/前にサイン書き素早く返す/開始の合図　治らぬノイズ/蛍光電子が最後のビート/口蓋（こうがい）～と舌で紡ぐ　言葉のリズム/固唾を呑んでも道　開かず/毎日毎日飲み込むサダメ/襲う吐き気に糸引くヨダレ/過去に戻れと中で暴れど/あのカビのように離れねぇ/聞き飽きた無駄な『たられば』/全てを知れない背中の垢/つまるところは気にすんな/さぁ逆説をこじつければぁ??/海越えた　あの　ルービン　カーター/みてぇってのは言い過ぎかぁ/でもな、ハリケーンの後ろみてぇにな/あの日から全てかわったんやぁ/蛍光灯越しのサイレント映画/のワンシーン切り取ったような/動き出しそうな無数の玉/頭の裏大中小の穴/生きてる内に消せぬなら/価値あるものにするもせぬも/Hell or Heaven 決めるのは自分/どうする!?　あるものにする？　するー？

【HOOK】×2

高進　高進　魂の高進
怒りの荒神を尻目にぃ～
後進??　ふんっ、のしのし前進
後塵　気にせず高進！

【VERSE 2】
『恒産（こうさん）なきものは恒心なし』/ぐらつく心　まだまだ弱い男だし　降参??/いやいやそこまで腐ってないし　交換??/あぁまだ待ってる　捨ぅてんと（ステーテント）あの指輪/造作（ぞうさ）無いさ　鴨に捨てるさ/どうなぁろうとぉ　業（ごう）が決めるさ/甘い温もり？　それ虜にぃ/まるで囮？　まさかの拠り所に？/ほころび紡ぎつなぐ鍵？　/ふん、心に詰まる錆/『はかばかしくない』『どうしようもない』/それらに辟易　辟易/灰みたいに砕き　いっさいがっさい/諦めんなよ俺は金輪際/手に染み付いた記憶/濃厚な記憶　荒れていたが暖かい記憶/柔らかく心地よい記憶　合わし/幸多き日々でありますように

【HOOK】×2
高進　高進　魂の高進
怒りの荒神を尻目にぃ～
後進??　ふんっ、のしのし前進
後塵　気にせず高進！

著者プロフィール

多羅 順之（たら よりゆき）

1952年５月17日　京都市に生れる
同志社中学、同志社高等学校を経て、同志社大学経済学部卒業
1975年　（株）三菱銀行（現三菱UFJ銀行）入社、企画部門、支店長等を経験し、50歳で（株）川島織物に移籍し経営企画部長、研究開発部長を歴任、その後、川島テキスタイルスクールの代表取締役兼理事長も経験する

多羅 晶子（たら あきこ）

1956年10月３日　滋賀県大津市に生れる
三井物産（株）勤務の父親が赴任したブルガリアとルーマニアへ同行し、現地のアメリカンスクールで中学生時代を送る。帰国後、ノートルダム女学院高等学校を経てノートルダム女子大学文学部英語英文学科を卒業
京都大学医学部で秘書を経験。1983年結婚。通訳や京都在住の外国人向けニュースレターの企画、取材、執筆等のボランティア活動を経験。他に、オーストラリアの旅行ガイドブック「KYOTO」（英語版）初版本作成のアシスタントも経験する

GIST（ジスト 消化管間質腫瘍） —“懸命に”“誠実に”が作った濃密な6年4カ月—

2021年11月15日　初版第１刷発行

著　者　多羅 順之　多羅 晶子
発行者　瓜谷 綱延
発行所　株式会社文芸社
〒160-0022　東京都新宿区新宿１－10－１
電話　03-5369-3060（代表）
03-5369-2299（販売）

印刷所　株式会社フクイン

ISBN978-4-286-23146-4